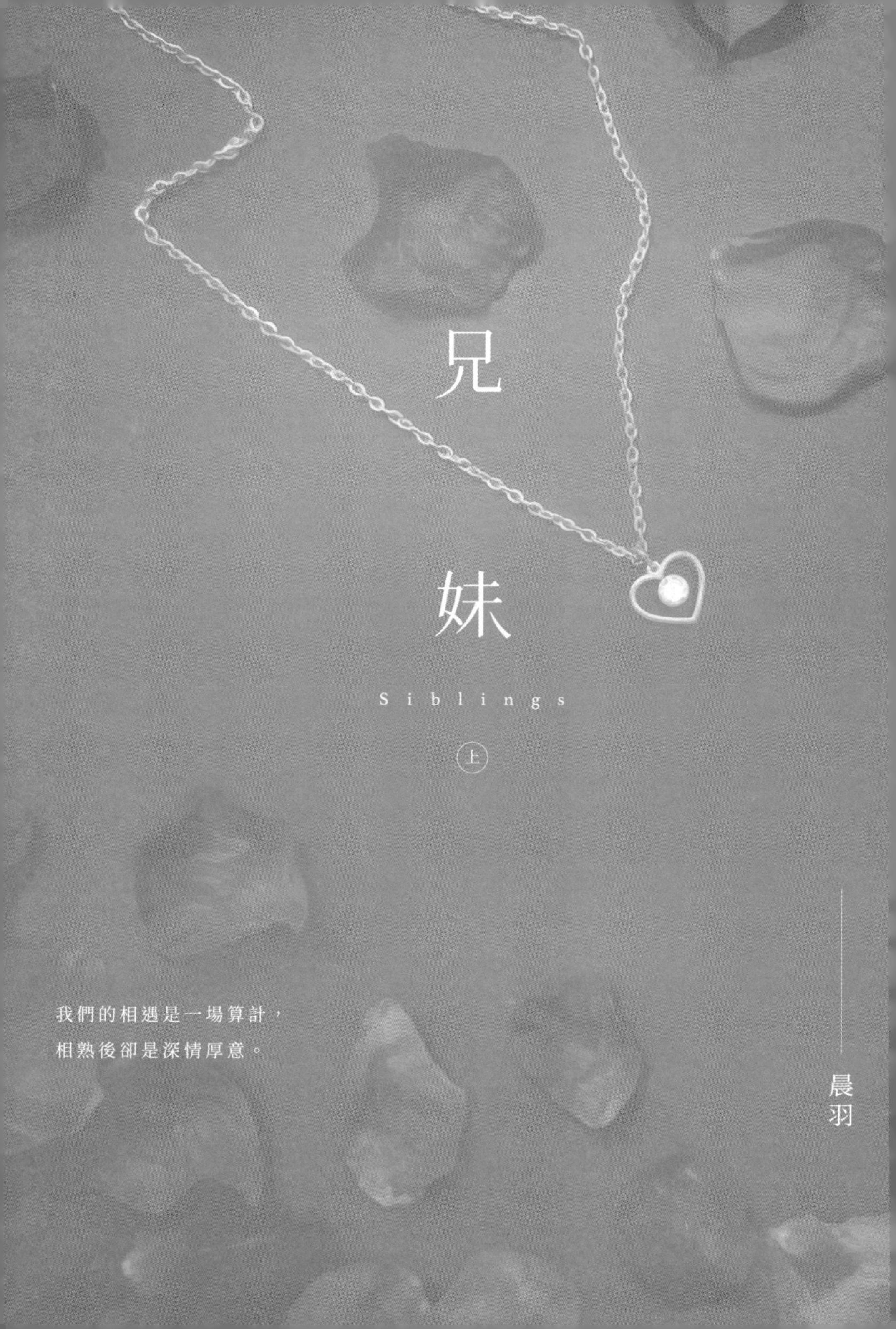

兄妹

S i b l i n g s

㊤

我們的相遇是一場算計，
相熟後卻是深情厚意。

晨羽

Chapter 01

「張夜紗，妳出來一下！」

中氣十足的呼喊聲劃破教室裡的喧鬧，全班頓時陷入寂靜。

三名沒見過的女同學站在前門外，投向我的目光有著赤裸的怒意，彷彿把我當作不共戴天的仇人。

正在和我聊天的之軒，看見來勢洶洶的三人大驚失色，連忙問我：「夜紗，怎麼回事？妳惹到琪琪學姊了？」

「琪琪學姊？」

「就是叫妳的那位，她是二年級的，誰惹到她誰倒楣。」

「是喔？她很可怕嗎？」

「很可怕，她跟三年級的不良少女很熟，學姊們都很罩她。誰讓她不高興，學姊就會替她報仇。」

「眞的？那是不是表示，她會知道這所學校的不良分子有誰？」

「大、大概吧。夜紗，妳爲什麼問這個？」之軒的口氣聽起來更緊張了。

我沒回答她，毫不猶豫起身，在眾目睽睽下走出教室，跟著學姊們走了。

頂著完美妝容、一頭栗子色長捲髮的琪琪學姊，帶著我到樓梯口，劈頭就問：「妳爲什麼去找我男友？」

「學姊的男朋友是？」

「劉國元，三年五班的。」學姊眼中的怒火藏不住，「聽說妳這個月才轉學過來，這陣子一直在三年級男生的身邊打轉，妳在打什麼主意？就這麼喜歡跟學長親近嗎？」

「學姊，妳誤會了，我沒有奇怪的目的，只是想找到一位三年級的學長，才會向學長們打聽是否有熟識他的人。」我鎮定自若地解釋。

「妳要找誰？」

這時，琪琪學姊身旁的短髮學姊，伏在她耳邊說起悄悄話，琪琪學姊一聽，看著我的眼神多了分意外。

「妳想找許耀哲？」

「對，我要找許耀哲。」我清楚複述一遍這個名字，「學姊的男友剛好與他同班，我才會向他打聽，絕不是想動學長的歪腦筋。」

琪琪學姊打量著我，嘴角浮上輕蔑的笑意。

「妳不會是爲了追許耀哲才轉學過來的吧？」

「我確實是因爲他來到這間學校，但一定不是學姊想的那樣。我跟許耀哲的關係特殊，所以希望能盡快見上他一面。」

這句話似乎勾起了琪琪學姊的好奇心，她迫不及待地問：「你們有什麼特殊關係？」

「我不方便透露，如果學姊願意幫我，我可以考慮跟妳說。」

此話一出，琪琪學姊原本環抱在胸前的雙手隨性地插入外套口袋，神態也變得輕鬆，看起來對我不再抱有敵意。

「妳想要我怎麼幫妳？莫非是替妳找許耀哲？」

「我不好意思直接拜託學姊找人，只要妳願意告訴我，妳對許耀哲的事了解多少，我就很感激了。」

琪琪學姊挑起漂亮的細眉，思考一會後回答：「其實我跟他不熟，了解的也不多，只知道許耀哲偶爾會缺課，但他成績很好，都保持在校內排行前十名。重點是他家很有錢，聽說他爸爸跟校長交情頗深，大概是因爲這樣，校方才對他曠課的行爲睜一隻眼閉一隻眼。我男友有時會跟他一起打球，但他也不知道許耀哲蹺課時都跑去哪裡。平常打電話給許耀哲，他也不太會接。總之，許耀哲只要沒來學校就很難找，銷聲匿跡是常有的事。我男友猜，他可能都窩在家裡打電動。」

「他沒有。」我低語。

「什麼？」

「沒什麼。那再請問學姊，妳聽過『小威』這個人嗎？」

「小威？沒聽過，他是誰？跟許耀哲有關係嗎？」

「嗯，他是許耀哲認識的人。」我輕描淡寫地回。

我再次確認，「所以許耀哲在學校裡沒有特別要好，或是可能知道他行蹤的朋友嗎？」

「據我所知，應該沒有。」

我沒讓失望的情緒顯露在臉上，感激地說：「我知道了，謝謝學姊。抱歉做了讓妳誤會的事，希望妳大人有大量，原諒我的無心之過。」

「知道就好，妳這樣眞的很容易招人誤會。三年級都在傳，有個一年級學妹老是在學長們的身邊打轉，問東問西。得知妳找上我男友，我才會發火。」

琪琪學姊嚴厲地道：「如果妳眞的想知道許耀哲的事，我可以叫我男友幫忙打聽，妳別再去招惹三年級了。有什麼消息我再通知妳，到時，妳也要把妳跟許耀哲的關係告訴我。」

「沒問題，謝謝學姊。」

目送三位學姊離去後，掛在我唇邊的笑意隨之消失。

之軒看到我回座位，前來關心我，「琪琪學姊說什麼？她欺負妳了？」

「沒有，學姊是因爲我私下跑去找她男友說話才會不高興。我告訴她我要找許耀哲，她才明白是誤會。琪琪學姊答應會幫我打聽許耀哲的事，她其實人不錯耶！」我拿起桌上的水壺，扭開蓋子，仰頭喝幾口溫開水。

「什麼？妳還在找許耀哲？」之軒滿臉不解，「妳到底爲什麼那麼想找他？妳一轉來就不斷問他的事，你們到底有什麼關係？」

「等琪琪學姊有打聽到消息，我再跟妳說。」我面帶笑意，結束了這個話題。

放學回家的途中，書包裡的手機響起，我馬上拿出接聽。

「夜紗，妳放學了嗎？」

彼端傳來泊霖溫柔的聲音。

「嗯，快到家了。」我唇角上揚，「我正想打給你，跟你說我今天打聽到的事情。」

我將琪琪學姊的話轉述給泊霖，他的語氣聽不出是失望還是不滿，「聽起來機會不大。」

「不要放棄，任何線索都不能放過。我一定會見到許耀哲，一切交給我吧。」

「謝謝，看到妳這麼拚命，我很感動，也覺得很對不起。」他語帶歉疚。

「泊霖，我說過好幾次了，這都是我自願的，我一點都不後悔。爲了泊岳哥，這麼做非常值得，你別再爲這件事跟我道歉了好不好？」

「好，我不會再說這種話了，但我還是想告訴妳……我很想見妳。」

我忍住湧上鼻腔的淡淡酸楚，語氣開朗地回：「我也是，等事情有進展，我就回去找你。昨晚蔚雯也有打給我，下次回去，我們三人好好聚聚。」

「好，我等妳。夜紗，妳要記住，找出『那些傢伙』很重要，但是妳更重要，一定要謹慎小心。」他慎重叮嚀。

「我會的。我到家了，之後再打給你，拜拜。」

放下手機，我也停下腳步。

一棟雙層豪宅聳立在眼前，建築氣派華美，窗戶沒有透出半點燈光。

看著這間屋子，我總覺得這裡是個冷冰冰的空殼，令人窒息。

我告訴自己，只要見到那個人，完成我要做的事，就可以離開這裡。在那之前，不管再怎麼寂寞難受，我都必須忍耐。

深深吐口氣後，我拿出鑰匙開啟大門，踏進這個不屬於我的地方。

兩天後，琪琪學姊找我到無人的樓梯口談話。

「我沒有打聽到學校裡有誰跟許耀哲特別要好，倒是打聽到有個人跟他的關係特別不好。他在我們學校挺出名的。」她向我透露查出的情報。

「那個人是誰？」

聽見琪琪學姊口中說出的名字，我微微一頓，不知爲何，這名字竟讓我覺得有點耳熟，好像在哪裡聽過。

「妳知道他們的關係爲什麼不好嗎？」我接著問。

「不知道，總之有傳聞他們小學就認識，高中三年卻沒有半點互動，所以我想可信度應該很高。」

「這位學長是怎樣的人？」

似乎是猜到我在動歪腦筋，琪琪學姊板起臉，指著我的鼻子警告，「喂，妳千萬不能跑去問他一堆有的沒的，這位妳惹不起。聽說他一年級的時候，有學長找他麻煩，後來對方不是被送進醫院，就是一聲不響轉學。我見過他本人幾次，他真的不像一般的高中生。妳看到他就會明白我的意思，最好離他遠一點，我不是在開玩笑！」

「好，我知道了，我會聽學姊的話。」

琪琪學姊仍一臉半信半疑，最後感嘆地道：「雖然沒能查到許耀哲的下落，但是問出許耀哲跟他的關係，也費了不少工夫。我男友擔心惹上麻煩，本來不想跟我說的。這樣算有誠意了吧？妳該不會反悔，不打算說出許耀哲跟妳的關係了吧？」

「當然不會，學姊幫我那麼大的忙，我不會說話不算話。」

我燦笑坦言，「許耀哲是我的哥哥。」

Chapter 02

關上電視，我懶洋洋地靠上沙發靠墊，環視著空蕩的客廳，目光停在前方牆上的一幅水彩畫上。

每次坐在客廳，我的視線常會被那幅美麗的畫作吸引。

以夜幕般的紫黑色爲背景，一朵鮮豔火紅的玫瑰，與點綴在外的純白滿天星形成強烈對比，又意外的十分相襯。

這幅畫的用色奔放大膽，像是直接將墨水潑灑在白布上，畫裡的每個部分都處理得相當細膩，無論是每一朵滿天星上的光影，還是玫瑰花瓣上的每一顆晶瑩水珠皆栩栩如生，讓人看一眼就會被深深吸引，忍不住駐足欣賞。

看著這幅畫，我就會想起泊岳哥。

玄關處傳來大門關上的聲音，妝髮完美的母親，身著俐落套裝，戴著珍珠項鍊，面露疲態地走進屋裡。

見我坐在沙發上，她揚起笑容，「夜紗，媽媽回來了。」

「歡迎回來，妳今天眞早耶。」我起身迎接，唇角上揚，牽起完美的弧度。

「我提早回來的。我訂了餐廳，今晚我們出去吃。我換套衣服就出門。」她的手放在我肩膀上按了按，隨即踏上階梯前往二樓。

半小時後，母親開車載我到位於市中心的一棟高樓大廈，我們在四十樓的高級景觀餐廳用餐。

我從身旁的落地窗望出去，將城市的燈火盡收眼底。

「好吃嗎？夜紗。」母親問。

「非常好吃。」

我用叉子叉起一小塊香嫩多汁的牛排，放進嘴裡細嚼慢嚥。注意到母親定定地看著我的目光，我舉起桌上裝著果汁的玻璃杯，「媽，我們來乾杯吧！」

「好啊！」母親舉起高腳杯與我對敲，仰頭飲盡杯子裡所剩不多的紅酒。

她接著說：「妳搬來也兩週了，這段時間都沒能好好陪妳，真是對不起。」

「沒關係啦！我知道媽的工作很忙碌，我會照顧自己，妳不用擔心我。」

「那就好，許叔叔下週就回國了，以後我們可以經常一起吃飯，他很期待見到妳。」

「我也很期待見到許叔叔。」我用自然的口吻說：「許叔叔回國，他的兒子也會一起回來嗎？」

「當然，許叔叔會跟他聯絡，耀哲已經知道妳搬過來的事情了。妳想見耀哲嗎？」

「嗯，畢竟他是我的繼兄，跟哥哥打聲招呼是應該的。」察覺母親變得沉默，我抬眼看她，「怎麼了？」

「夜紗，妳可以跟我說實話嗎？」

「什麼實話？」

「妳決定來找媽媽的眞正原因。」

她的視線繼續定格在我臉上，「這八年來，不管我怎麼聯絡妳，妳都不願意見我，這次妳卻主動打電話來關心我，還說想跟我生活一年。一開始我以爲妳跟妳爸爸發生了什麼事，但妳爸說你們沒有吵架，他也很意外妳會提出這個要求。」她頓了一頓，「雖然妳說，妳是想念媽媽才萌生這個念頭，可是妳之前沒有任何徵兆，所以媽媽總覺得……這不是妳的眞心話。」

言及此，她馬上強調，「媽媽絕對沒有不歡迎妳的意思，我只是擔心妳會不會發生了什麼事，才做這個決定？雖然我想跟妳在一起，可是如果妳在我身邊並不開心，媽媽也不會開心的。」

我不發一語，放下餐具，迎上母親的視線。

「媽，妳記得顏泊岳跟顏泊霖嗎？」

母親笑起來，「當然記得，你們三個從小就感情好，他們都很乖巧懂事。」

「我現在在跟泊霖交往。」

「眞的？」母親驚喜，很快又流露出困惑之色，「既然如此，妳怎麼會想離開泊霖身邊，來到這裡呢？」

我過了半晌才開口：「媽，泊岳哥兩個月前過世了，妳不知道這件事吧？」

母親眼底一片震驚，不敢置信，「妳說泊岳過世了？怎麼會？上個月我跟妳爸通電話，他沒告訴我這件事啊！」

「泊岳哥的後事，顏叔叔跟顏阿姨很低調的處理，不讓太多人知道。爸爸應該是尊重他們的考量，才沒有特別跟妳說。」

母親的神情複雜，「所以妳來媽媽這裡，跟泊岳有關？」她似乎聽出我話語中的端倪。

「嗯，泊岳哥死後，我跟泊霖因爲太傷心，情緒變得不穩定，經常吵架，所以我才想暫時來妳這裡，讓彼此冷靜一段時間。對不起，沒對妳說實話。」

明明是臨時編出的謊言，說起泊岳哥，我還是不由自主溼了眼眶。

母親緊緊握住我放在桌上的手，語帶心疼地說：「沒關係，媽媽理解妳的苦衷，放心在這裡住下來吧！」

「謝謝媽。」

「別客氣，媽才要謝謝妳，願意在這種時候想到我，讓我可以爲妳做點什麼。」

母親溫柔地拍拍我的手背，隨後收回了手，表情凝重，「可是，泊岳爲什麼會過世？他出了什麼意外嗎？」

我輕咬下唇，「泊岳哥是因爲吸毒才會過世的。」

母親驚訝地倒抽一口氣，「吸毒？」

「對，有人把參有K他命的毒咖啡包拿給他飲用，害他染上毒癮。本來很溫柔的泊岳哥，變成了我完全不認識的人。」

我繼續說：「某天晚上，泊霖到泊岳哥的房間叫他，發現泊岳哥躺在床上，沒有呼吸心跳，手裡還拿著一個空藥瓶。我們認爲，泊岳哥是因爲撐不過戒毒帶來的痛苦，才會想不開。」

母親一時半刻說不出話，表情充滿悲慟。

「怎麼會發生這種事？泊岳太可憐了，泊霖的打擊一定很大。」

我點點頭，咬著牙說：「我絕對不會原諒害死泊岳哥的人。」

母親起身走到我身邊，給了我一個溫暖的擁抱。

母親的體溫傳來，我才意識到自己一直在顫抖。

在我的請託下，母親答應不將我搬來的眞正理由告訴許叔叔和繼兄。回家路上，我玩著手機遊戲，狀似無意地問：「媽媽，許耀哲不常在家裡，也不去學校，妳跟許叔叔都覺得沒關係嗎？」

母親轉動著手裡的方向盤，笑著說：「我們習慣了，耀哲從高中開始就喜歡往他母親家跟朋友家裡跑，倒也沒發生什麼事。眞有什麼情況，他父親跟母親會處理，我不會干涉太多，除非耀哲請我幫忙。我很尊重耀哲的想法，彼此才能和睦相處這麼多年。」

「妳喜歡他嗎？」

「當然喜歡，耀哲是個好孩子。」

「若他做了不好的事，妳還會覺得他是好孩子？」

母親一臉訝異地望過來，我才意識到自己失言，馬上改口，「我的意思是，就算他對妳做出不禮貌的事，妳會不會爲了看他的臉色選擇隱忍？我不希望媽媽受委屈。」

母親一笑，似乎是有些感動。她伸手摸摸我的後腦，「謝謝妳爲媽媽著想，耀哲沒讓我受委屈。我跟許叔叔吵架時，他還會幫我說話呢！等妳認識他，就會知道耀哲很體貼，媽媽保證妳會喜歡他的。」

這是永遠不可能的事。

將這句話嚥下，我言不由衷地回：「我會期待的。」

隔天，我是許耀哲繼妹的事情，就在同學間傳開了。

女同學們紛紛跑來問我關於他的事，連在合作社和洗手間，也會有無數道關注我的目光。

搬進許家的第一天，我在客廳看見他、母親和許叔叔的合照，也因此注意到他有一張媲美偶像明星的俊俏外表，難怪他在學校會如此受矚目。

原以爲只要搬到這裡，很快就能達到我的目的，沒想到兩週過去，我都還見不到許耀哲。

幾次向母親聊起他，我才知道母親也不太管他，說好聽是尊重，就我看來根本就是放任。

不想讓母親感覺到我迫切在找許耀哲，我沒有請她安排我們見面，轉而從學校下手，就算許耀哲不回家，只要我不斷打聽他的事在他的朋友圈傳開，再公開我們的關係，他遲早會知道我在找他。

這日中午，琪琪學姊打給我，劈頭就說：「我沒有把妳跟許耀哲的事說出去。」幾天前對我下馬威的琪琪學姊，如今跟我變成了朋友。

我笑著回：「我沒有說是學姊說出去的啊！」

「那消息怎麼會傳開？」

「是我告訴同學，她再跟別人說的。」

昨天我向琪琪學姊坦白，我也對之軒說出了眞相。

我很早就看出之軒是個無法藏住祕密的女孩，尤其是大八卦，因此我刻意不叮嚀她保密，任由她洩漏。

「妳這個笨蛋，幹麼告訴同學？難道昨天我沒告訴妳許耀哲是笑面虎嗎？他看起來脾氣好，可是一旦惹毛他會很恐怖。」

「妳昨天確實沒提到這一點耶。」

「眞的？我沒說嗎？」

想像琪琪學姊在話筒另一端的懊惱表情，我莞爾一笑，告訴她，「沒關係啦！就算許耀哲眞的生氣，也不能拿他妹妹怎麼樣吧？所以我不怎麼害怕。」

琪琪學姊似是愣住，安靜了一會，不久後發出笑聲。

「張夜紗，妳的外表明明像隻柔弱的小白兔，膽子卻比我想像的要大。我眞的覺得妳有點奇怪，該不會是妳故意讓人爆料的吧？」

「對，我故意的。」

「爲什麼？」她吃驚地說。

爲了逼許耀哲盡快現身。

讓他認識的那個人，因爲親手害死泊岳哥，付出應有的代價。

假如許耀哲也跟此事脫離不了關係，就算他是母親的繼子，我也不會原諒他。

「開玩笑的，如果我本來就想讓大家知道，一開始就會說出去了。是我把祕密告訴信任的朋友，結果被擺了一道。」我從容改口。

「敗給妳了，這可不是普通的祕密，我都不敢隨便告訴別人，就怕惹禍上身。總之，我會叫我男友幫忙留意，只要許耀哲來學校，我馬上通知妳，所以妳別再向別人多嘴了，知道嗎？」

「謝謝琪琪學姊，妳眞好。」我甜甜地說。

「少肉麻啦，我掛了！」學姊切掉通話。

雖然明白琪琪學姊是好意，我卻做不到乖乖聽她的話。

午休時間，我假裝身體不適，跟之軒說我要去保健室休息。

離開教室大樓，我直接往保健室的反方向走，來到位置偏遠的老舊白色大樓。

昨天聽琪琪學姊提到，許耀哲在校內有個死對頭，我就對這號人物起了好奇心。學長名叫高海珹，是全校第一名的資優生。他們家族的企業赫赫有名，父親更是國內知名食品集團的高層，跟許耀哲一樣都是含著金湯匙出生的貴公子。

敵人通常是最了解自己的人，而敵人的敵人就是朋友。

若高海珹知道許耀哲不爲人知的弱點，而我和他打好關係，說不定就有辦法牽制許耀哲。

追問學姊後，得知他經常在午休時間到舊校舍的美術教室畫畫，而且全校只有他有權使用那間教室。

爲了不被琪琪學姊責罵，也避免讓此事傳進許耀哲耳裡，這次我沒有直接到高海珹的班上去找人，而是到他專屬的美術教室接近他。

看著舊校舍一樓的樓層索引牌，確認了美術教室的位置，我前往三樓，來到位於走廊盡頭的美術教室。

裡面沒人在，門也沒鎖，我直接開門走進教室。

四周安靜到只有我的腳步聲，以及微風吹動窗外樹葉的窸窣聲響。

教室裡的東西大部分都被遷走，只剩下幾樣物品——鐵架上的兩個石膏像、一個老舊的辦公櫥櫃，以及兩張課桌椅。

環境維持得相當整潔，看得出有人定期在清掃。

窗邊擺放著一個畫架，上頭沒有擺放畫作，旁邊的課桌上放著水彩用具。

餘光掃到幾幅掛在牆上的水彩畫作，我整個人定格，目光徹底被其中一幅畫吸引過去。

我呆呆地站定在那幅畫前，一度忘了眨眼，只聽得見自胸口傳入耳裡的巨大心跳聲響。

幾個玩伴從小住同一條街而熟稔。其中，顏泊岳跟顏泊霖兄弟倆與我住得最近，關係也最親密。

泊岳哥大我兩歲，是我見過最溫柔可靠的人。每次我跟泊霖闖禍，不小心惹大人生氣，他都會替我們說情，因此我跟泊霖相當依賴他。

我的父母在我八歲時離婚，泊岳哥天天帶著泊霖陪伴我走出傷痛。他會買我喜歡的點心，還會說笑話給我聽。在我心中，他是誰都無法取代的好哥哥。

泊岳哥的父母從事教職，對孩子要求嚴厲，而這對兄弟也沒讓父母失望，一直都是品學兼優、人見人愛。

爲了有資格站在他們身邊，我不曾懈怠，努力追上他們的腳步。

夜半時分，從房間窗戶透入的一絲微光，是對面泊岳哥房間的書桌燈。我知道他總會在家人熟睡後繼續用功讀書。

已經如此優秀的泊岳哥，卻比誰都要努力，還從不驕傲，始終表現得謙虛有禮，讓我對他更加敬佩。

然而，就在我跟泊霖升上國三，並開始交往的那年，一切都變了樣。

泊岳哥跟我們漸行漸遠，整個人變得沉默，鮮少露出笑容，對許多事都漠不關心，總是把自己關在房間裡。

後來，泊岳哥的成績一落千丈，也突然性情大變，本來彬彬有禮、親切優雅的人，會對家人和同學大吼大叫，異常的舉動使學校的教官察覺不對勁，帶他去醫院做檢查，才驗出他有吸食K他命。

泊岳哥吸毒的事震驚了所有人，身邊沒有一個人願意相信，那個被我和泊霖視爲榜樣的人居然會碰毒，然而發生在他身上的巨大變化，使我們不得不相信。

學校請泊岳哥信任的老師詢問，泊岳哥才坦承吸毒，表示爲了有更多精神念書，他飲用某個朋友提供的咖啡包，結果逐漸成癮。但不管大人們如何逼迫，他就是不肯供出那個朋友，一心想維護對方。

這件事情過後，泊岳哥休學進了勒戒所，我有一段時間沒見到他，再看見他時，我一度認不得他。

臉骨凹陷，眼底烏青，泊岳哥那雙總是蘊含溫暖光輝的含笑眼眸，僅剩一片空洞與荒蕪，再沒有過去的神采。

泊岳哥出了勒戒所後，沒有回到學校。某天，他趁著家人熟睡，一聲不響地離開家，消失了整整三個月，直到警方在夜店查緝毒品，才找到他——泊岳哥再次染上毒癮，又被送去強行戒治。

之後，即使泊岳哥重新回到我們身邊，他仍將我們隔絕在外，不讓任何人走進他的世界。

有天深夜，泊霖醒來去洗手間，經過泊岳哥房間發現房門沒關，走進一看，他手裡握著空藥瓶，動也不動躺在床上，已經沒有了呼吸心跳，不管泊霖如何哭喊，泊岳哥都沒有再睜開眼睛。

選擇走上絕路的泊岳哥，沒有留下隻字片語，永遠離我們而去……

一週後，我在家裡的相簿發現一張照片，是我幫泊岳哥拍下的——

去年，泊岳哥在騎腳踏車回家的途中不慎發生車禍，右腳骨折送醫住院。我去醫院探望他，在病房卻找不到他，找了好久，最後在一樓找到了泊岳哥。

他獨自坐在大廳一角，專注地盯著牆壁上的一幅水彩畫作。

那是幅雨後的城市夜景畫，絢爛的燈光朦朧唯美，地面水光清澈透亮，夜晚的都市被籠罩在一片彩色的薄霧之中，畫面如夢似幻。

泊岳哥告訴我，作者跟他讀同一間國中。

「高中生居然能畫出這麼高水準的畫作，還在醫院展出，眞不簡單。泊岳哥你認識他嗎？」

我看著牌子上的作者資訊，是男生的名字。

「不熟，但他國中就很出名，可以說是我們學校的傳奇人物。」見我面露好奇，他娓娓道來，「他國二時偷偷報名了全國繪畫比賽，一舉擊敗上千人拿下首獎。在這場比賽之前，大家對他的認識多是成績優異，也拿過不少鋼琴和小提琴比賽的獎項，不知他還有繪畫的天賦。當時校內有個傳聞，他是因爲跟弟弟打賭輸了才參加繪畫比賽，不然他沒想過要在大家面前展露這項才能。」

「眞有這麼厲害的人？」

「有！不過，不論老師怎麼勸他，他到畢業前都沒再參加任何繪畫比賽。今年，我從跟他同個高中的國中同學那裡得知，他又在全國的繪畫比賽拿了首獎。得獎的畫作在文化中心展出，我還有去看。」

「你還特地去看他的畫啊？」我意外。

「對呀！因爲我眞的很佩服他，不知道他再次參賽，是不是又因爲打賭輸了。我朋友還告訴我，升上高中後，他的成績更加優異，甚至有考到校排第一，非常可怕。」

「那是因爲他沒遇到你，如果你們同校，第一名的寶座非你莫屬。」我不以爲然地道。

「我不這麼想，他讀的高中競爭也很激烈。國中三年，他的名次都保持在校排第五或第六，升上高中後，那些成績比他好的國中同學跟他讀同所學校，他卻能打敗他們，成爲校排第一，至今沒從榜首的位置掉下來過，這不可能只是因爲幸運。」

聞言，我擰起眉頭，「難道你認爲，他以前在隱藏實力，故意讓自己考差？」

「我確實這麼懷疑過，既然他曾隱藏繪畫實力，那他也不是沒有可能這麼做。如果我現在與他同校，可能贏不過他。」

「怎麼可能？我才不信有人可以贏過泊岳哥，你是最優秀的。」我反駁。

「呵呵，謝謝妳啦！」他看向我，「說到這個，我想起妳以前也很會彈鋼琴，要不是妳後來沒有興趣了，妳的琴藝應該會比泊霖更厲害。我一直覺得妳放棄學鋼琴很可惜。」

「嘿嘿，謝謝泊岳哥，但我會學鋼琴是因爲你。從前不管你做什麼，我跟泊霖都想跟著學，所以你學音樂，我就跟我爸說我也要。當你手指受傷決定不學了，我對鋼琴也沒了興趣，讓我爸把家裡的鋼琴賣給你們，給泊霖繼續彈。」

「是啊，沒想到最後反而是泊霖堅持最久，還擔任學校合唱團的伴奏。不過，自從他迷上爵士鼓，就徹底冷落了鋼琴，沒再碰過，完全移情別戀。現在那台鋼琴都變成置物櫃了。」

「泊霖只要迷上一件事，就會全心投入，顧不上其他的事。但即使三分鐘熱度，他也能做出好成績，他玩鼓才幾個月，就被熱音社的學長找去擔任校慶表演的鼓手，眞的很厲害對不對？」我口氣雀躍，對泊霖的引以爲傲溢於言表。

「是啊。」他靜靜望著畫，聲音幾不可聞，「妳跟泊霖都能輕易做到別人做不到的事，所以也比別人更輕易放手。我看著這幅畫的時候，心想，假如這個人有一天決定放棄畫畫的才能，會不會跟你們一樣毫不在乎，甚至連可惜的心情都不會有？畢竟對我來說，你們是同一類人。」

「泊岳哥？」我有些愣住。

他的目光落向掛在我脖子上的一台紅色數位相機，若無其事地換了話題，「這台相機是張叔叔在妳生日時送妳的吧？妳能幫我跟這幅畫照張相嗎？我想做個紀念。」

我一口答應，將鏡頭瞄準泊岳哥與畫作，「你就這麼喜歡這個人的畫？」

「很喜歡，我甚至想得到他親手畫的畫作，畢竟他是我這輩子第一個親眼見到的天才。我很遺憾以前沒能主動去認識他。」他感慨地說。

「如果你的願望能夠實現，你希望他畫什麼給你？」

泊岳哥思忖片刻，莞爾一笑，「我吧。我想看看他筆下的我會是什麼模樣？要是能被他畫，我說不定會感動到哭。」

「泊岳哥你太誇張了。」我噗哧一笑，按下快門。

拍完照，我和泊岳哥一起回病房，沿途他繼續分享著這位天才同學的事，直到泊霖抵達，這個話題也就結束，並且很快就被我遺忘。

兩個月後，泊岳哥就變了，不再是我熟悉的那個人。

看到當時爲泊岳哥拍下的照片，我想起這段往事，並在泊岳哥的溫柔笑顏裡流下思念的淚水。

失去泊岳哥，我跟泊霖每天以淚洗面，泊霖還因爲太過悲傷，一度生起泊岳哥的氣，怪他自私殘忍，竟甘於就此墮落沉淪，讓大家爲他心碎痛苦。

我哽咽著安慰他，「我相信泊岳哥已經努力過了，他一定是不想繼續拖累身邊的人，才會這樣做。泊岳哥沒有錯，要怪就要怪當初送毒咖啡包給他的人。泊岳哥才是最無辜的受害者。」

泊霖點點頭，咬牙切齒，恨恨地道：「妳說得對，我哥才是受害者，我絕不會原諒害死我哥的混蛋，我一定要找出那個罪魁禍首！」

決定找出害死泊岳哥的凶手後，泊岳哥彷彿也在幫我們。

「你那裡還有沒有美酒？明天能給我嗎？」

之前警方找到泊岳哥的手機，發現通訊錄已經被刪除得乾乾淨淨，沒有可疑的訊息，最後是由泊霖保管這支手機。

手機停話前，泊霖偶爾還會收到別人傳給泊岳哥的簡訊。那個晚上，他收到了一則不對勁的訊息。

泊霖回訊給對方，約好隔天放學在車站給「美酒」。

隔天一早，泊霖背著書包站在家門口等我，給我看這則手機簡訊。他懷疑這個人說的「美酒」指的是毒品，也認爲對方說不定知道害死泊岳哥的凶手。

顧不得這麼做的危險，我二話不說答應陪同他前往。

放學後，我們抵達約定地點，看見一名身穿別校制服、身形單薄的男高中生站在那裡，他的藍色襯衫上繡著「吳尤明」。

確定對方就是傳簡訊給泊岳哥的人，而「美酒」就是毒咖啡包，泊霖便當場告知他泊岳哥已經過世的消息。

「如果你知道是誰把毒咖啡包提供給我哥，請你告訴我。要是不說，我就把你傳給我哥的簡訊和你的照片交給警察。」

在泊霖恐嚇對方的同時，我調出相機裡的照片，讓他知道我已經清楚拍下他的長相。

見狀，吳尤明嚇得當場招供。

他說，泊岳哥是從名叫小威的人手中取得毒咖啡包。泊岳哥曾幫小威拿貨給他，這幾天吳尤明又想跟小威買貨，卻聯繫不上對方，才會找上泊岳哥。

關於小威的資訊，吳尤明知道得不多。他們曾一起吃過飯，有聽小威在酒酣之際說一些自己的事。

小威現在十七歲，是中輟生。十四歲時離家出走，快餓死街頭時，認識了名叫許耀哲的人，對方把他介紹給在混幫派的朋友，讓小威有了落腳處，是他的救命恩人。

吳尤明能清楚記得這個名字，是因爲小威不斷提及他，還宣稱許耀哲的父親有上過電視，是知名餐飲集團的老闆。他甚至還用畫菜單的黑色油性筆，在小吃店的餐桌上寫下許耀哲的名字給他看，被老闆娘發現後臭罵一頓。

吳尤明長年受課業壓力所苦，透過朋友介紹，他認識了小威，在對方的慫恿下嘗試吸毒。

吳尤明還說，泊岳哥幫小威拿毒咖啡包給他時，曾說過他還來得及抽身，最好盡快戒毒，若變成他這樣，就難以挽回了。

聽到這裡，我跟泊霖溼了眼眶。即使被毒品吞噬身心，泊岳哥仍保有善良的本性，苦勸對方逃離深淵。

泊霖擦乾眼淚，嚴肅地告訴吳尤明，「我答應不將你的事告訴警方，條件是你必須戒毒。不管用什麼方式都要戒掉。我哥已經被小威害死了，你不可以跟他走上一樣的路！」

許是知道我們眞心爲他著想，加上泊岳哥的事帶給他震撼，吳尤明含淚點頭。

ღ

知道供毒給泊岳哥的人叫小威後，泊霖對他的恨意來到最高點，一心想揪出對方，替泊岳哥報仇。

而我聽到許耀哲這個名字後，莫名的心神不寧，強烈的既視感在心中揮散不去，卻想不通這種感受從何而來。

三天後的深夜，一幕畫面冷不防打進我的腦袋。

即將進入夢鄉的我猛然跳起，從床底下拿出一只沾上薄灰的鐵盒，重新讀過盒裡的每一封信。

母親知道我喜歡收手寫卡片，從我小學起，每年的新年、生日和聖誕節，她都會親筆寫下卡片送給我，而我也會回送卡片給母親。

即使她離開這個家，送卡片給我的習慣一直持續著，可我卻沒再回信。

因此每年收到她寄來的卡片，我看過一遍後，就把它們丟進鐵盒裡，不再打開。

在那些卡片裡，母親常常提及她的現任丈夫，也不吝分享她繼子的事情給我知道。為此我曾感到悲憤，不懂她怎麼會以爲，在她傷害我跟父親的心之後，我還會想知道她與那些人過得有多麼幸福快樂？

然而這一刻，我深深慶幸母親有這麼做。

當我在其中一張卡片上，看見「許耀哲」這三個字，我如遭雷殛，不敢相信母親的繼子竟然也叫這個名字，這驚人的巧合嚇得我起了一身雞皮疙瘩。

隔天，我向父親問起母親當年的外遇對象，試圖摸清對方的身分。

當年父母是和平分手，幾年後父親也再婚，生下小我十二歲的妹妹，因此，對於母親，他心中沒有疙瘩。

聽到我的問題，他有點驚訝，好奇沒關心過這個問題的我，爲何現在突然想知道。我無法說出實話，只能隨便編個理由搪塞。

他告訴我，母親的再婚對象名叫許振，從事餐飲生意。

也許是顧慮我的心情，父親沒有說得很詳細，但聽到他吐露的訊息與吳尤明提供的吻合，彷若晴天霹靂，幾乎能肯定，母親的繼子許耀哲，就是將小威推入販毒集團，並間接害死泊岳哥的人。

揣著這件心事兩天，我才將這驚人的事實告訴泊霖。

泊霖起初以爲我在開玩笑，直到看見母親寫給我的卡片，他才眞正相信。

「那個，夜紗……」泊霖對上我的眼睛，欲言又止，最後搖了搖頭，「沒有，沒事。」

我何嘗不明白他的心思。

泊霖必然希望我透過母親聯繫上許耀哲，釐清眞相，但他也清楚我多麼不願意跟母親接觸，因此不忍心開口要求。

那時泊霖鬱鬱寡歡的神情，我忘不了，陷入了前所未有的掙扎。

認眞思考了一夜，我認清現階段最重要的事，就是幫泊岳哥報仇，不該因爲我的私怨就此止步。

隔天，我找出母親寫在卡片裡的手機號碼，主動傳簡訊給她。

收到母親的回訊後，我和父親坦白最近聯絡上母親，希望可以搬去和她一起生活一年。

或許是看到我這段日子爲泊岳哥茶飯不思，父親縱然意外卻也沒有反對，贊成讓我換個環境生活。他順利與母親談好，讓我搬過去。

等到一切就緒，我才跟泊霖說。

「妳直接問許耀哲就好，爲什麼還要特地搬過去？」他不敢相信我竟會做出這個決定。

「我不確定許耀哲跟小威是不是一伙的，要是許耀哲也跟販毒集團有關，貿然告訴他泊岳哥的事，他一定不會老實把小威的線索告訴我，所以最保險的做法是先接近他，再一步步打聽出小威的事。要這麼做，勢必得花時間取得他的信任，我搬過去才有機會達成這個目標，不是嗎？」

泊霖猶豫著支吾，眼神中充滿焦慮跟掙扎，幾乎快被我說服。

「可是，這樣做眞的很危險，我怎麼能讓妳獨自接近那傢伙？」

「爲了泊岳哥，我一點都不怕。我保證我會小心，只要成功找到小威，讓他爲做過的事付出代價，我就會離開了。當然，要是發現許耀哲也牽涉其中，我同樣不會讓他逃過一劫。」

「但……他是侑芬阿姨的繼子，這樣眞的可以嗎？」

我輕咬下唇，低低地回：「我不在乎我媽怎麼想，我滿腦子就只有泊岳哥生前受到的痛苦。若不是因爲這件事，我根本沒想過再跟我媽聯絡。只要能找出害死泊岳哥的凶手，我做什麼都願意。」

不等泊霖回應，我用懇求的語氣繼續說：「怕你擔心，所以才沒事先跟你商量，但我已經決定了，即使你阻止我，我也會這麼做。請你支持我，好不好？」

泊霖眉頭緊皺，許久才點頭同意。

除了泊霖，我只有讓蔚雯知道我搬去跟母親生活的眞正理由。

孫蔚雯從小跟我一起長大，也是我最好的女生朋友。

暗戀過泊岳哥的她，在泊岳哥出事後傷心欲絕，每天陪著我哭泣。

知道我的打算，她跟泊霖一樣擔心害怕，卻也清楚我下了決定就不再反悔的性格，只好再三叮嚀我小心安全，每天要跟她報平安。

於是那個寒假，我搬去另一個城市，來到母親的身邊。

不巧的是，許耀哲的父親由於工作，需要在馬來西亞待一個月，而那陣子許耀哲也外宿在他母親家和朋友家，沒住家裡，所以那段時間，家裡只有我和母親。

母親是國內知名的婚紗設計師，事業做得有聲有色，我曾經以她爲傲，她卻在認識許振之後移情別戀，決定離開父親。

當時，許是見我還年幼，即使她跟父親已經離婚，也沒有對我說出原因。直到奶奶告訴我母親移情別戀，跟有錢男人在一起，我才知曉兩人的離婚是因爲這個不堪的事實。

在我的印象裡，父親對母親一直很好，更不曾對母親大聲說話，因此知道母親背叛父親，我的打擊比父親更大，不知道怎麼面對她，我們就在最糟糕的情況下別離了。

幾年過去，我早就不知道要如何敞開心房跟母親相處，也沒打算這麼做，只要透過許耀哲找出小威，替泊岳哥報仇，我就會離開母親，從此不再跟她見面。

那個時候的我是眞心這麼想的。

Chapter 04

午休結束的鐘聲，讓我從漫長的恍惚中回神。

我站在美術教室裡，面對著掛在眼前的水彩畫作，半晌都做不出任何反應。

在醫院裡幫泊岳哥拍下的那張合照，我裱框後擺放在房間的書桌上，讓他溫暖美好的笑容繼續陪伴我。

因此，我一眼就認出來了，這面牆上的水彩畫，是我跟泊岳哥一起欣賞的那幅雨後街景畫。

近距離細看，我才注意到畫的右下角有用白色顏料寫下的小小英文字母「K．H」。牆上的其他畫作也有一樣的英文字母，證明這些畫都是出自同一人之手。

K．H，難道是高海城？

我心跳如擂鼓，突地發現一件事，泊岳哥當時說的天才同學，跟學姊提到的高海城有關鍵性的共同點——擅長繪畫，在高中是全校第一名。

我也終於明白，當琪琪學姊說出這個名字時，我會覺得耳熟，是因爲我早就從泊岳哥的口中聽過他。

突如其來的驚人發現，讓我一度忘記來到此處的目的。

眼看上課鐘快響了，高海珹遲遲沒有現身，我只能頂著亂哄哄的腦袋離開美術教室。

下午的課，我心神不寧，因爲嚴重走神，被老師叫起來兩次，之軒看我心不在焉，下課後還來關心我。

進到這所學校後，這是我第一次沒有想著許耀哲，腦海全被高海珹給占據。

傳聞中與許耀哲不合的學長，居然就是泊岳哥仰慕的對象，不可思議的巧合，讓我直到放學都無法平復心情。

今晚母親加班，我簡單吃過晚餐就回房寫作業、洗澡。

八點多，我打開電腦登入即時通，已在線上的泊霖立刻傳訊息給我，和我確定只有我在家後，他便打電話來。

得知許耀哲今天仍沒現身，他按捺不住問：「太奇怪了，哪有人開學到現在都不去上課，也不回家？莫非許耀哲在躲妳？」

我不意外泊霖會有這種想法。

許耀哲明知道我搬來這裡卻從不露面。基於對繼母的尊重，再怎麼忙碌，也該電話問候一下，但我不曾從母親口中聽到許耀哲對此事表示過關心。

除非，母親沒對我說眞話，許耀哲其實不歡迎我，才用各種藉口避不見面……

要不是擔心許耀哲眞的鐵了心不出現，我也不會到三年級的班級去打聽他，甚至洩漏我們的關係。

就算會惹許耀哲不快，我也不會讓步，他要當縮頭烏龜，我就持續出擊，看看最後是誰先屈服。

「泊霖，你別擔心。就算許耀哲存心躲我，也躲不了多久。許叔叔就要回國了，許耀哲再不想面對我，他爸叫他回家，他也無法忤逆吧？其實我大可等到許叔叔回來再思考下一步，但許耀哲的行爲有點惹毛我，才決定讓他困擾。」

「別這樣，夜紗，既然許耀哲他爸爸要回來了，妳就別再做出挑釁他的事。妳答應過我會謹愼行事的。」泊霖的語氣充滿緊張。

「我知道，我暫時不會再做了，等許叔叔回來後再行動。」

「那就好。」他鬆口氣。

「對了，泊霖。」我握緊手機，「泊岳哥以前有沒有告訴你，他在學校有哪位特別欣賞的同學？」

泊霖想了一下，「沒有啊，妳爲什麼這麼問？」

「因為……」

泊霖媽媽的呼喚聲透過話筒傳來，他匆匆壓低音量，「夜紗，我媽叫我，先這樣，我之後再打給妳。」

「好。」

結束通話後，我陷入沉思。

我一直以為，泊岳哥對我們關上心房前，和最親密的泊霖無話不說，沒想到他一次都沒向泊霖提起。

為什麼呢？

腦中再次浮現那時的記憶，泊岳哥的聲音響起——

「妳跟泊霖都能輕易做到別人做不到的事，所以也比別人更輕易放手。我看著這幅畫的時候，心想，假如這個人有一天決定放棄畫畫的才能，會不會跟你們一樣毫不在乎，甚至連可惜的心情都不會有？畢竟對我來說，你們是同一類人。」

咯噔，我的心空了一拍。

當時聽到這句話，我沒有想太多，如今重新咀嚼，竟有種泊岳哥在譴責我跟泊霖的感受。

我僵了半晌，告訴自己不可能。

泊岳哥比誰都疼愛我們，在他因爲吸毒而性情大變之前，對我們始終很溫柔，從未表示過任何不滿。

我肯定是多心了。

電腦再次傳來聲響，是蔚雯傳來的訊息。

我壓下不安，專注於跟蔚雯的談話。

隔天許耀哲還是沒有來學校。

午休時間，我沒吃中餐，一打鐘就到舊校舍的美術教室，期盼能等到高海城。

坐在美術教室裡，我趴在課桌上，眺望窗外幾片被陽光照得閃閃發亮的樹葉，耳邊聽不見半點人聲。

對於泊岳哥說的那番話，雖然我堅信那絕不是他對我們的埋怨，但我仍是爲此而失眠。

如此靜謐的時刻，我漸漸犯睏，忍不住闔眼睡了過去。
再次睜開眼睛，教室裡多了一個人。
爲了看清前方的模糊身影，我忍不住瞇起眼睛，待視線清明，才發現是個高䠷男生背對著我站在畫架前。
驚醒的同時，我的雙腿撞到桌子，發出巨大聲響。
那人回頭瞥了我一眼，就繼續做自己的事情，對我的存在視若無睹。
注意到他手持水彩筆在白色畫布上作畫，我心跳加速，緊張地站起身。
「你是高海城學長嗎？」
對方沒有反應，好像根本沒聽見我說話。
但我肯定他就是高海城。
走近到他身邊，我嚥了嚥口水，鄭重地向他說明來意，「學長，我是一年級的張夜紗。抱歉沒經過你的同意就闖進來，我來這裡找你，是有話想親口問你。就是……那個……」
「許耀哲的事？」
高海城沒有起伏的低沉嗓音，打斷了我的遲疑。
我愣然一愣，「你怎麼知道？」

「許耀哲是妳繼兄，而妳在找他。」

他的回答簡潔有力，我也確定了最近校園傳的八卦都有進到他耳裡。

他態度直接，我也不再拐彎抹角，「對，但我並不是爲了找他才來見你。我聽說你跟許耀哲從小就認識，但你們一直都很不合，這是眞的嗎？」

高海珹將水彩筆伸向調色盤，用筆尖輕沾天藍色的顏料。

「是又如何？」他說，眼睛依舊沒轉向我。

「既然你們認識多年，那你對許耀哲必然有一定程度的了解吧？我想知道，他是否有什麼不爲人知的祕密或弱點？」

高海珹一聽就猜出，「妳討厭他？」

我坦言，「可以這麼說。」

「如果我告訴妳，有什麼好處？」

我愣了下，訥訥地回：「我……沒什麼好處可以給你，但今後你若想知道許耀哲的事，而那件事是我可以幫你調查的，我會二話不說協助你。」

聞言，高海珹終於扭過頭看向我。

一被他那雙毫無溫度的深邃黑眸注視，我驀地打了個冷顫。

琪琪學姊並非道聽塗說，高海珹有著別於同齡人的特殊氣質，不像高中生會有的氣場，僅僅一個眼神，就能給人無形的壓力。

我打從心底感到畏懼，卻還是挺直腰桿，努力不閃躲他的視線。

「好。」高海珹一口答應，目光回到畫布，「說說許耀哲哪裡得罪妳，我就考慮。如果是無聊的理由，妳現在就可以走了。」

我瞬時陷入苦惱，怎麼樣的理由對高海珹來說才不算「無聊」？

即使相處還不到十分鐘，我就能肯定高海珹不是可以隨便敷衍的對象。

若告訴他，「我懷疑許耀哲在躲我所以心生不滿」，感覺他不會滿意，但要是我捏造一個聳動的謊言，被揭穿後說不定會給自己惹上麻煩。

如今我需要強大的盟友，而非危險的敵人。

看高海珹的態度，我確信他有許耀哲的把柄，假如我的理由不能說服他，我不僅會失去取信於他的唯一機會，還可能會得罪他。更重要的是，他是泊岳哥崇拜的人，無論如何我都想親近他、跟他好好相處。

想了想，我決定賭一把。

「如果我告訴學長，你能替我保密嗎？」

「能。」

高海珹毫無猶豫的允諾令我安心，我幾乎已經相信他會說到做到。

於是，我誠實地說出青梅竹馬因爲小威染毒並走上絕路一事。也告訴他，需要從他口中問出許耀哲，是因爲他不僅認識小威，還可能知道小威的下落。

當我說完，一朵美麗夢幻的藍紫色繡球花，在高海珹的巧手下翩然成形。

這些內容並沒有讓高海珹震驚，連眉毛都沒動一下。

「妳肯定妳母親的繼子，就是小威認識的人？」

「照吳尤明給的說法，我認爲就是他沒錯。我爲此搬來這裡，但至今都沒能見到許耀哲。我想，假如許耀哲知道小威做的事，一定不會輕易承認他們認識，因此我需要讓他說眞話的把柄。那位朋友對我來說如同家人，我要爲他討回公道。如果學長肯幫我，我不會忘記你的恩情。」

「妳朋友叫什麼名字？」

「顏泊岳。顏色的『顏』，湖泊的『泊』，山岳的『岳』。」

高海珹作畫的手驟然停下。

他說出一個校名，想確認對方畢業的學校。

聽見熟悉的校名，我激動地點頭，「對，你知道泊岳哥？」

「知道，我之前也讀那所學校。」

沒想到高海珹對泊岳哥有印象，而且一聽就知道是他。

我正喜悅，卻發現他散發出的氣場比剛才更冰冷，令人不寒而慄。
我緊張得噤聲，不確定是不是說錯話，才讓他不高興。
「這件事妳有沒有告訴別人？」高海城問。
「沒有。」
「繼續保密，明天午休再過來。」
我一愣，「你不告訴我許耀哲的弱點嗎？」
「到時再說，總之明天過來。妳可以走了。」
高海珹的魄力使我不敢再多說一句，只好默默離開教室。

那晚，我輾轉難眠。
高海珹的行爲讓我感到不安，爲何他非得等到明天才能說？到時候他眞的會給我答案嗎？
一顆心七上八下，比起期待，更多的是焦慮。我陷入懊惱，縮在被窩裡度過一個難熬的夜晚。
隔日，午休前我對之軒編了個藉口，提前到美術教室，而高海珹還沒有來。
他昨天畫的繡球花活靈活現，我情不自禁走近欣賞。

用色飽和唯美，在光與影的襯托下，每一片花瓣都栩栩如生，彷彿只要伸出手，就能觸碰到那些柔軟的花瓣。

明明昨天沒見高海珹參考實物作畫，他卻能夠畫得如此逼真。如果教室裡的這些畫，他都沒有參考實物而作畫，那他眞的是貨眞價實的天才。

「我甚至想得到他親手畫的畫作，畢竟他是我這輩子第一個親眼見到的天才。我很遺憾以前沒能主動去認識他。」

想到高海珹有注意到泊岳哥，我便想知道高海珹對泊岳哥的看法。

如果能問出這個答案，並且和高海珹成爲朋友，也許我就有機會實現泊岳哥生前的心願。

午休鐘聲響起，趁著高海珹抵達前，我去了一趟洗手間，回來後，高海珹已經在教室裡畫畫了。

這時，耳邊傳來細微的腳步聲，我豎起耳朵，聲音源自樓梯口，而且越來越近，來人似乎要來這一樓。

我驚慌地告訴高海珹，「學長，有人來了，說不定是教官，我先找個地方躲起

自己。

不等他回應，我鑽進辦公櫥櫃後方的狹小空間，利用窗簾遮蔽住身體，掩藏起自己。

吱呀一聲，教室門打開了，腳步踏在磁磚地的聲響清晰傳來，我緊張得屏息，動也不敢動。

「今天吹的是什麼風？你怎麼會叫我過來？不是要我別到這裡找你？」

陌生男嗓年輕乾淨，我才知道對方不是教官。

「我有事問你。」高海珹不慍不火地開口：「你認識叫小威的人嗎？」

「小威？」對方一頓，「你找我就是要問這個？」

「別廢話，快回答我。」

那人嘆了一口氣，「我不認識，聽都沒聽過，到底是什麼情況？」

「有個學妹想找他，她說你可能認識這個人，所以我替她問問你。」

聽到這裡，我的心跳失速，不敢相信自己的耳朵。

「哪個學妹？」

「張夜紗，你的繼妹。」

我驚駭不已，腦袋一片空白。

現在跟高海城說話的這個男生是許耀哲？是高海城把他找過來的？

爲什麼高海城能聯繫上他？他們不是死對頭嗎？怎麼兩人的互動一點也不像？

難道，他們不合的謠言其實是誤傳，高海城跟許耀哲根本不是敵人，而是朋友？

是不是猜到我會做出傷害許耀哲的事，高海城才會騙我，想從我口中套話，摸清我找許耀哲的眞正意圖？

腦中思緒煩雜，胸前一片冰涼，我萬念俱灰，認清這步棋走錯了。

「你是說，這次她找上你，還說我認識這個人？」

許耀哲的問話，證實他早就知曉學校傳的八卦，然而他遲遲不出現，果然是爲了躲我。

「對，你眞的不認識？」

「眞的啦！」

「好，那你們現在都離開。」

「你在說什麼？什麼你們？」

這番話令我如墜冰窟，高海城竟然讓我在這種情況下跟許耀哲見面？

我這才恍然大悟，或許高海城從一開始就打算讓許耀哲在我面前把話說清楚，才把我們同時找來這裡。

事已至此，我只能硬著頭皮走出櫥櫃後方，視線對上高海珹身後的人。

許耀哲穿著整齊制服，坐在課桌上，一轉頭，他的五官端正俊秀，澄澈的瞳仁裡閃過清晰的怔忡。

終於見到許耀哲，可當下的我只有想逃離的衝動。

壓下悲憤的情緒，我紅著眼睛望向高海珹。

「謝謝學長的幫忙。」

冷冷地說出這句話，我快步越過他們離開美術教室，頭也不回。

Chapter 05

午休結束，琪琪學姊傳簡訊給我，說許耀哲來學校了。

我沒回訊，看完訊息就把手機收回抽屜，趴在桌上。

僅憑高海珹的聯繫，許耀哲就出現在學校，足以證明那兩人的交情絕非一般，我卻傻傻地將高海珹的話當眞，以爲他跟我站在同一陣線，相信他會幫助我。

雖然透過高海珹，我確實從許耀哲口中聽見回答，但這說不定是他們套好的。既然他們有交情，高海珹自然會維護他，因此串通許耀哲騙我，消除我對他的疑心。

比起憤怒，我內心更多的是悲傷。

高海珹欺騙我的打擊，比我想像中要大。我不該因爲泊岳哥，對他產生不切實際的期待，親眼看到高海珹利用我的信任欺騙我，我才知道自己有多傻、多天眞。

沉澱一個下午，我才勉強打起精神，思考下一步該怎麼走。

若那兩人眞的是朋友，許耀哲的話便不太可信。

我也開始擔心，高海珹聽到吳尤明的證詞後，可能會對吳尤明不利，畢竟高海珹有著各種恐怖的傳聞。就算我沒將吳尤明就讀的高中透露給高海珹，憑他跟許耀哲的能力，要找出對方絕非難事。

爲了吳尤明的人身安全，我必須盡快讓泊霖知道這件事。

知道我搞砸了一切，泊霖會怎麼想？應該會很失望吧？

心情跌落谷底，想哭的感覺也隨之湧上。

放學鐘聲響起，我沒有跟大家一起收拾書包，繼續撐著額頭待在座位上。

課桌被人輕敲兩下，我疲憊地抬起頭，對上一雙澄澈的含笑眼睛。

「快收書包，我在外面等妳。」

許耀哲和顏悅色地對我說完這句話，就轉身往教室前門走。

我驚愕地看著他離開，一時之間，教室裡鴉雀無聲，同學們個個瞪大眼睛盯著我們倆。

壓下內心的不知所措，我迅速收好書包，在無數道目光下步出教室。

站在花台前的許耀哲見我出教室，繼續朝樓梯口前行，而我速速跟上他的腳步。

這段前往校門口的路，我覺得是我這輩子最受矚目的時刻。

在我跟許耀哲的兄妹關係傳得沸沸揚揚後，這是大家第一次見到我們走在一起，喧鬧聲此起彼落。

許耀哲爲什麼突然這麼做？他是故意的嗎？在打什麼主意？

看著他挺拔的背影，我猜不透他的想法，心中充滿忐忑。

出校門後，許耀哲腳步未停，直直走向停在馬路邊的計程車，那似乎是他事先叫好的車。

他主動開啟後座車門，伸手一比，示意我上車。我沒有動作，警戒地問：「要去哪裡？」

「吃飯，我訂了餐廳，也知會過侑芬阿姨了。」他從容回答，「上車吧！我有話要說。」

還在懷疑這句話的可信度，這時，口袋裡的手機有了響動。

是母親的簡訊，她說今天也要加班，無法跟我和許耀哲去吃飯，跟我道歉之餘，也希望我趁這個機會與許耀哲增進感情。

讀完訊息，我抿緊唇，心不甘情不願地上了車。

我們兩人坐在後座，我整個人貼在門邊，努力跟他保持距離。

見狀，許耀哲皮笑肉不笑地問：「妳不是一直在找我嗎？現在我出現了，妳怎麼反而拒人於千里之外？」

我態度冷漠地反脣相稽，「少裝模作樣了，一直躲躲藏藏的人不是你嗎？現在何必突然裝親切？難道是因爲祕密被我發現了，你才急著出現？」

「妳說對了，所以我需要跟妳談談。」他淡淡地問：「高海城有沒有找妳？」

「什麼？」

「中午妳離開美術教室後，高海城有沒有私下聯繫妳？」

我微微擰眉，「爲什麼這麼問？」

「妳回答我，我就告訴妳小威的事。」

心臟重重一跳，我震驚地看著他，「你果然認識小威？」

「對，所以請妳跟我說實話。」

「學長沒有聯繫我。」我立刻回答。

「眞的？」

「當然是眞的，他又不知道我的電話，也沒有託人帶話給我。」

許耀哲一聽，臉部的線條柔軟了些，看起來是鬆了口氣。

我心急如焚，「小威在哪裡？他的本名是什麼？你能聯絡到他嗎？」

「在這裡不方便談，等等再說。」

落下這句話後，許耀哲扭頭看向窗外，不再理我。

車停在一間高級泰式餐廳外，服務人員領著我們進入適合安靜談話的包廂。

滿桌美味佳餚呈現在眼前，我卻毫無胃口，反倒是許耀哲食慾不錯，一口氣吃下半碗飯。

「侑芬阿姨說，妳小時候很喜歡吃泰式料理，所以我才訂這間餐廳。妳的喜好變了嗎？」見我遲遲未動筷，他好奇地問我。

「請你不要再拖延時間，快回答我的問題。你認識小威，也知道他在哪裡，對不對？」我催促。

「妳爲什麼要找小威？」

我又氣又急，「你別裝傻，你不是都知道了嗎？」

「我幹麼裝傻？就是不知道才會問妳。」

許耀哲眼裡的無奈，讓我一時呆了。

他眞的不是在裝傻嗎？高海城不是都已經告訴他了？

就在這時，他的問話讓我忽然意識到，今天在美術教室時，高海城只問他是否認識小威，並讓他知道我在尋找小威，可是沒有向許耀哲進一步說明整件事的緣由，就把我們趕走了。

如果高海城想消弭我對許耀哲的懷疑，甚至也跟對方串通好，他應該會當著我的面問他關於吳尤明的事，再讓許耀哲編出一套說詞好騙過我，而不是忽略這最重要的關鍵。

儘管還不太了解高海城，但他留給我的嚴謹印象相當強烈，不像是會犯下這種失誤的人。

難道……

「我離開美術教室後，學長跟你說了什麼？」我隱晦探詢。

「什麼都沒說，只叫我快點滾蛋。」

「眞的？」

「千眞萬確。可以告訴我是怎麼回事了嗎？是誰跟妳說我認識小威？先回答我這個問題，我再告訴妳小威的下落，妳不覺得這順序才正確？」

我沒反駁，只要他肯老實說，我不介意照他希望的去做。

「好。」

我快速地再敘述一遍整件事，而這次我學聰明，沒說出吳尤明的身分。

聽完我的話，許耀哲沉默了整整一分鐘。

「這些妳全告訴高海城了？」

「對。」

「妳爲什麼會想到找上他？」

我老實轉述琪琪學姊說過的話，而他只是靜靜盯著我，露出一抹意味不明的微笑，「妳很了不起。」

我不確定他這句稱讚是否隱含諷刺，但他散發出來的氣息可以明顯感受到有所不同。

許耀哲的臉上仍笑著，笑意卻未達眼底，即使他沒有明顯表現，我能感覺到他情緒上的轉變，不像是憤怒，反而更像懊惱。

我因此萌生出一個猜測，「你是不是不想讓學長知道這件事？」

「對，但來不及了，他開始懷疑我了。」

語落，他的視線飄回我臉上，「如果妳成功找出小威，打算怎麼做？報警逮捕他？憑妳聽到的那些事，妳確定能讓小威受到懲罰？」

「我知道不會這麼容易，但就算無法讓小威受罰，我也要讓他知道，有人因爲他失去了寶貴的生命。他不僅害死泊岳哥，還讓泊岳哥身邊的人傷心、痛苦，所以我要他向泊岳哥的家人道歉。如果你打算包庇他，我不會原諒你的！」

「我沒說會包庇他。我確實曾幫助過那小子，但不至於爲他這麼做。不過，很遺憾，我沒有他的聯繫方式，我上次見到小威也是兩年前的事了。」

「但你不是說會告訴我他的下落？你在騙我？」我錯愕地回。

「我沒騙妳，我無法聯繫小威，但可以透過別人找到他。」

「是誰？」

「一個許久沒聯絡的朋友。我當時就是把無家可歸的小威交給他。如果妳非找到小威不可，我幫妳想辦法，但有一個條件。」

我屏息，「什麼條件？」

「別讓高海城知道。看在侑芬阿姨的分上，我不怪妳跟他打小報告，但接下來妳得負起責任，盡力消除高海城對我的疑心。要是他為這件事再找上妳，妳必須站在我這邊，別讓他繼續懷疑此事與我有關。妳能做到，我就想辦法讓妳見到小威。」

他提出的條件令我意外，心中也湧上另一個疑問。

「你怎麼知道學長在懷疑你？他今天明明什麼也沒說。」

「若只是知道妳跟我的關係，就算妳跑去糾纏他，他應該也不會理妳。但是今天他直接叫我去問話，還沒讓我知道妳也在場，這就表示，妳昨天跟他說的事，確實讓他起了疑心。」

「那……學長也找我過去，是想知道在我面前，你會怎麼回應嗎？」

「我也只想得到這種可能了，那傢伙很敏銳，要騙過他不容易，我必須謹慎才行。」他牢牢盯著我，「妳會同意這個條件吧？」

我沒有考慮太久，「我同意，請你務必說話算話。」

「好，合作愉快，妹妹。」他向我伸出一隻手。

那聲「妹妹」讓我蹙起眉頭，我沒回應，逕自拿起餐具用餐。

許耀哲不介意我的冷漠，也拿起筷子，繼續說：「我很佩服妳想得到透過高海城打聽我的事，但我也很好奇，那間美術教室只有他能使用，而且他非常討厭不認識的人闖入，更別說讓對方待在那裡超過一分鐘，妳怎麼讓他改變心意的？」

「我什麼也沒做，只是在等他時不小心睡著了，醒來後，他就已經在教室裡畫畫，把我當隱形人。也許他是知道我跟你的關係，才對我比較客氣。」我推測著高海城的想法。

許耀哲瞪大雙眼，「妳睡著了？他沒叫醒妳，還讓妳繼續睡下去？」

「沒有啊。」

包廂裡，許耀哲的大笑聲迴盪，他仰頭捧腹，笑得上氣不接下氣。

我愣住，隨後板起臉，「有什麼好笑的？」

「妳讓我大開眼界，居然敢在他的地盤睡覺！眞想親眼看看他當時的表情。」許耀哲樂不可支，「我大概知道那傢伙爲何對妳寬容了。他其實挺欣賞有膽識的人，不過妳絕對是第一個敢那樣招惹他的女生。」

我困窘地辯解，「我又不是故意要招惹他的，只是剛好睏了而已。況且美術教室的門沒鎖，也沒掛禁止進入的告示，誰都有可能闖進去吧！」

「的確，過去有不知情的同學誤闖，都會被高海珹趕出去。他沒對妳這麼做，還讓妳留在教室，可是前所未見。」

「所以他沒這麼對我，就只是因爲我膽子大？」他的一番話讓我更困惑了。

「當然不是，若妳空有膽量，卻搞不清楚狀況，他一樣不會在妳身上多浪費一秒。我說過，高海珹很敏銳，也許是妳近日大動作地打聽我，讓他覺得事有蹊蹺，也可能是看在侑芬阿姨的面子上，才對妳客氣，畢竟他也認識她。總之，妳能讓那傢伙跟妳對話超過五句，就値得讚許。妳或許是誤打誤撞找上他，但妳還能想到利用他打探我的事，並成功讓他出手幫妳，我就對妳徹底改觀。妳跟我原先想的完全不同。」

「你原先想像的我是怎麼樣的人？」見他一臉似笑非笑，我猜測道：「難不成，你以爲我喜歡你，怕我糾纏你，才故意不出現？」

「答對了。畢竟這麼多年來，妳不曾找過侑芬阿姨，這次忽然聯繫她，還決定搬來，加上侑芬阿姨說，妳挺期待見到我，我才會懷疑妳。要是妳眞的對我有不正經的念頭，我會很困擾。」

他說出這些話時，語氣中沒有一絲炫耀的意味，彷彿他眞的見識過各種荒謬離奇的追求手段，並且爲此苦惱。

我沒好氣地回：「你放心吧！我是爲了找小威才來到這裡，不會發生你擔心的事，我已經有男朋友了。」

「眞的？是顏泊岳的弟弟？」

見我不語，他接著問：「他叫什麼名字？」

「顏泊霖。」

他點點頭，「所以若非因爲這件事，妳壓根沒想過要來這裡吧？可是我不懂，在還沒摸清我底細的情況下，顏泊霖怎麼會放心讓妳搬來？難道他不知道這麼做多危險？他強迫妳嗎？」

「這是我自己的決定，做出決策前，我甚至沒有告訴他，一切安排好後才跟他說的。」

我面色嚴肅地坦白，「你說的沒錯，在此之前，我沒想過跟媽媽聯絡，這點泊霖也知道。即使他想透過你找出小威，也不會眞的開口要求我做什麼，他比誰都在乎我的心情。」

「既然他沒開口，妳怎麼知道他希望妳怎麼做？」

「我當然知道，我們從小就在一起，比誰都了解彼此，哪怕他不說，我也懂他的想法。」

許耀哲平靜地回：「那他也是一樣的吧？即使不說，顏泊霖也知道妳願意爲他冒險。只要是妳主動開口，他就不會覺得是自己在逼妳，繼而產生罪惡感。」

我面色一僵，「這是什麼意思？」

「沒什麼意思，我只是在想，或許妳男友比妳以爲的更了解妳。」他勾勾唇角，繼續低頭用餐，不再多說。

離開餐廳後，許耀哲說要跟我一起回家。

「話講開了，我自然沒必要躲妳了，而且我很想念我的床。」他仰頭瞧瞧覆蓋半邊天空的巨大烏雲，「應該快下大雨了，坐計程車回家吧！」

「我有帶傘，我搭公車回去。」

說完，我一轉身，就被他抓住書包背帶。

他無奈地勸說：「別鬧彆扭了，要讓彼此的計畫成功，我們就和睦相處，好好當兄妹吧！妳若是抱著這份決心來到這裡，就演到最後，要是侑芬阿姨發現我們分開回家，妳要我怎麼解釋？」

「知道了，你別拉著我。」

我用力扯回書包背帶，不悅地看著他攔下一台計程車。

一關上車門，天空就下起大雷雨，我們僅差一秒就淋成落湯雞。

許耀哲凝視車窗上蜿蜒的水流，「妳有把高海瑊的事告訴顏泊霖嗎？」

「還沒有。」

「妳可以告訴他，我會協助你們找小威，但我拜託妳的事，妳絕對不許對他透露半個字。要是我發現妳讓顏泊霖知道了高海瑊這個人，我們的合作就作廢。我相信妳不是會耍小聰明、心存僥倖的人，希望妳別讓我失望。」

儘管還不了解許耀哲跟高海瑊的交情有多深，但憑這句話，我能確定許耀哲相當重視他。

「我知道了。」

這時，手機有通陌生來電，我接起電話，「喂？」

「我是高海瑊。」熟悉的清冷嗓音傳入耳裡，「許耀哲是不是在妳旁邊？」

我悚然心驚，竭力控制臉上的表情。

「嗯，對。」

「那我長話短說，明天中午十二點，來我這裡一趟，別讓那傢伙知道。」

「好，我會記得把東西拿給你，再見。」

切掉通話後，我不動聲色，眼角瞥向許耀哲，只見他看著窗外，似乎沒有起疑。

我的心臟跳得劇烈。

沒想到許耀哲眞的料中了，高海珹背著他偷偷聯繫我。

但高海珹是如何知道我的手機號碼，又是怎麼知道許耀哲現在跟我在一起？難道他在監視我們？

我握緊手機，內心澎湃激動，慶幸自己的幸運——能夠牽制住許耀哲的人，就是高海珹。

原以爲搞砸了一切，想不到如今我眞的藉由高海珹捉住許耀哲的軟肋。

我告訴自己絕不能失去高海珹這張王牌，跟許耀哲合作的同時，我也必須得到他的信任。

只要有高海珹，我相信一切會如我所願。

登入即時通，我將今天順利見到許耀哲，以及有機會問出小威下落一事告訴泊霖，並表示這個月會找一天回家，當面跟他解釋。

泊霖非常高興，要我確定回家的日期後跟他說，他會去車站接我。

將這個消息也告訴蔚雯後，我關上電腦，拿起已經空了的馬克杯，下樓去裝溫開水。

走到樓梯間，母親跟許耀哲的談笑聲傳入耳，他們正暢聊著我不熟悉的話題。聽著母親的談笑聲，我呆站了半晌，最後放棄下樓的念頭，回到房間。

隔天中午，我如約抵達美術教室，高海瑊還沒有來。走近畫架，高海瑊的繡球花畫作幾乎要完成了，我看著這幅畫，試圖排解從昨晚就揮之不去的鬱悶情緒。

今天早上，母親特地爲我跟許耀哲準備了一桌豐富的早餐，還親自開車送我們到學校。

無論在餐桌還是車上，母親跟許耀哲之間始終存在著我無法介入的氛圍。

雖然我也沒有想加入他們的談話，但一股無以名狀的滯悶還是令我莫名焦躁，當我對上許耀哲的視線時，總會不自覺冷冷別開，不願再多看他一眼。

我是不是在嫉妒許耀哲？

親手推開母親的人是我，我也以爲自己早就不在乎她，但爲何現在還是會出現這種受傷的情緒？

意識到這份心情後，我理性地告訴自己，即使我確實有些嫉妒許耀哲，到學校就必須放下這個情緒。

現在的我不該被這種小事影響，在見到小威前，我得做到跟許耀哲的約定，在母親面前跟他維持友好的關係。

凝視畫上的繡球花許久，我闔上微熱的眼，驀然鼻酸。

好想回家，好希望睜開眼睛後，所有的事都已經解決，這樣我就能立刻離開這裡，回到泊霖的身邊。

這時，巨大的開門聲響傳來。

我驚恐地回頭，來人不是高海珹，而是一名陌生的長髮女孩。

瞄了眼她身上的制服，她是國中部的學生。

女孩神色驚慌，劈頭第一句話就問我：「請問，高海城不在這邊嗎？」

「咦？高海城他——」

還未答完，女孩一把抓住我的手，聲音帶著哭腔，「姊姊，請妳跟我來一下，拜託！」

女孩用力地拽著我到一樓，走廊上有兩名國中部的男孩。

一名相貌清俊的男孩癱坐在地，他抓著胸口，面色蒼白，看起來喘不過氣，而戴著眼鏡的白淨男孩守在他旁邊，表情跟女孩同樣恐慌。

「他怎麼了？」我緊張地盯著那名模樣不對勁的男孩。

「不知道，剛才他還好好的，忽然間就這樣……」眼鏡男孩手足無措，連聲音都在發抖。

近距離觀察癱坐的男孩，我發現他是過度換氣。

我馬上蹲下握住他僵硬冰冷的手，在他耳邊說：「學弟，別害怕，現在照我說的做。深呼吸四秒，再吐氣六秒。來，深呼吸，一、二……」

在我的引領下，男孩做著深呼吸，重複幾次後，他的呼吸漸趨平穩，臉上也慢慢恢復血色。

然而，他的雙眼依舊緊閉，嘴裡不斷念著同一句話，彷彿被囚困在某個醒不來的惡夢裡。

湊近仔細聽，男孩說的話是「對不起」，我微微一愣，下意識認爲這不是在對我說話。

我伸手輕輕拍撫他的背，柔聲說：「沒關係，這不是你的錯，你沒事了。」

男孩撐開眼皮時，一行淚水從眼角滑落，嘴裡溢出破碎的嗚咽。

「張夜紗。」

低沉的嗓音自背後響起，我一震，回頭對上來人淡漠的眼神。

「妳讓開。」

高海珹一開口，我馬上退到旁邊。

他彎身拉起虛脫無力的男孩，背起他，掉頭往別的方向走。

男孩的兩名朋友匆忙跟上，我遲疑了幾秒也跟過去。

高海珹帶著男孩到無人的高中部保健室，讓他坐在床上休息。

「要不要回去？我讓人來接你。」高海珹問。

男孩搖頭，神情疲倦，「不要，我好多了。」

兩人的互動似乎是認識的關係，我瞥見男孩的制服上繡著「高偉杰」。

他們都姓高……

「對不起，因爲我從背後嚇高偉杰，他才會這樣。」長髮女孩話聲哽咽，臉上的表情看起來很自責。

「跟妳無關啦！」高偉杰擰眉，目光越過女孩，落在我臉上。

察覺到男孩的視線，高海瑊回頭對我說：「妳先過去美術教室等我。」

「好。」我點點頭，看了男孩一眼，就先行離開。

午休前五分鐘，高海瑊才回到美術教室。

「抱歉，拖了點時間。」他說。

「沒關係。那個男孩是你弟弟吧？他還好嗎？」我關心地問。

「已經沒事了。」他定睛望向我，「我問妳，剛才妳安撫他時，爲什麼會對他說『這不是你的錯』？」

我面頰的溫度上升，沒想到他居然有聽見。

「那個……其實沒什麼特別的含義，因爲我聽見他不斷喃喃說著『對不起』，就直覺地回應他。我上間學校的朋友，跟他有類似的症狀，所以我照著老師的做法安撫你弟，讓他盡快穩定情緒，幸好挺順利……」

「謝謝。」

聽到高海城說出的這兩個字，我愣了一愣。

「妳沒讓許耀哲知道我找妳吧？」

「嗯，我沒說。」

我問出憋在心裡已久的疑問：「學長，你沒把泊岳哥的事告訴許耀哲嗎？」

「沒有。」

「爲什麼？」

他的表情疑惑，像是我問了什麼怪問題，「我不是答應妳會保密？」

我的胸口湧上難以言喻的情緒。

原來，我眞的誤會了高海城，他沒有爲了維護許耀哲而欺騙我。

「你是爲了測試許耀哲的反應，才故意在我面前問他？」

「對。我知道他昨天找妳一起放學，他是不是向妳坦承他認識小威？」

我悚然心驚，不小心結巴，「爲、爲什麼這麼問？」

「我知道那傢伙之前避不見妳的原因，他懷疑妳對他有不正當的心思，才躲著妳。但昨天你們離開學校後，他傳訊息說，他可能誤會妳了，爲了釐清妳到他身邊的原因，他決定跟妳好好相處。雖然他這麼說，我還是認爲他可能認識小威，他怕妳對我說出不該說的事，才一改先前的態度，打算跟妳交換條件。」

「你說的交換條件是……」

「要妳協助消除我對他的懷疑，讓我相信這件事與他無關，他就會幫妳找小威。」

我倒抽一口氣，不敢設想自己此刻的表情。

這時，高海珹從外套口袋裡拿出一張彩色照片。

照片上有一名我沒見過的男孩，鴨舌帽遮住他的半邊臉，看不清五官，他的皮膚黝黑，笑起來牙齒潔亮，模樣稚嫩，看起來像國中生。

「這個人就是妳在找的小威。」他投下震撼彈。

「什麼？」

我愣了會，一回神，便立刻抽走照片，死死盯著看。

我震驚地瞪向高海珹，「他、他眞的是小威嗎？爲什麼你有他的照片？難道你們認識？」

「我不認識。前天聽完妳的話，我請人去打聽，順利取得小威的照片。若妳想看更清楚的照片，應該知道接下來該怎麼做。」

輕描淡寫說完，高海珹冷冷望進我眼底，「許耀哲昨天跟妳說了什麼？」

我心跳劇烈，渾身發冷，腦袋裡冒出一個想法——莫非這一切都在高海珹的掌控之中？

高海珹猜到許耀哲其實認識小威，也猜到許耀哲會對他說謊，並且爲了繼續騙他，決定跟我打好關係。他還料到許耀哲會用何種方式讓我配合，所以才能做好準備，想出一個讓我絕對無法對他說謊的方法，逼我招供……

我毛骨悚然，倘若這些猜測正確，也就不難理解許耀哲爲何會如此提防他，高海珹的敏銳跟深沉心機，遠遠超乎我的想像。

天人交戰後，我冷靜地開口：「高學長不會是爲了套我的話，拿別人的照片騙我吧？」

高海珹不答反問：「許耀哲有沒有告訴妳小威的本名？」

我反射性搖頭，沒意識到這行爲間接承認了許耀哲對他說謊一事。

「他的本名叫羅靖威，妳可以和許耀哲確認，相信妳到時就知道怎麼做。」

午休鐘聲響起，他從我手中抽回照片，放入口袋，「妳中午沒請假吧？」

「沒有。」

我很想再問關於小威的事，但連續兩天午休時間沒進教室，被教官發現缺席，恐怕會被盯上。

高海珹似是看出我的掙扎，「我給妳時間考慮，明天以前，傳簡訊到我昨天打給妳的那個手機號碼，我再跟妳約見面的地點，商量最重要的事情。妳若答應我所有的要求，不光是羅靖威的照片，連他的身家資料我都會給妳。當然，這事要瞞著許耀哲，應該不用再提醒妳了吧？」

我呆呆地頷首，聽完他的話，他怎麼拿到我的手機號碼，似乎已經沒有知道的必要了。

放學後，我踏著虛浮的腳步走出學校，思緒依舊混亂，覺得事情逐漸朝著撲朔迷離的方向發展。

許耀哲跟高海瑊眞的是好朋友嗎？爲什麼他們所做的事，就像是對彼此懷抱著巨大祕密？

更重要的是，爲何高海瑊僅透過「小威」這個綽號，就能找到他的照片，連對方的名字和身家資料都能取得？那些資料是眞的嗎？高海瑊到底想跟我商量什麼事呢？

鋪天蓋地的資訊壓得我兩腿沉重，下一秒，我的肩膀被人輕點兩下。

一轉身，一張女孩的笑顏映入眼簾。

女孩旁邊站著外貌白淨的男孩，我認出是今日在舊校舍遇見的兩名國中生。

「姊姊，今天中午很謝謝妳。」女孩靦腆地向我道謝。

「不客氣，舉手之勞而已。」我發現高偉杰沒和他們一起，隨口一問：「高偉杰他還好嗎？」

男孩回答：「他沒事了，下午上課都很正常，但他哥哥還是很擔心他，一放學就接走他了。」

聽聞高海珹愛護弟弟的一面，我的心情有些微妙，不禁多問：「你們都跟高偉杰同班？」

「偉杰跟我是一年七班，筱婷是一年一班的。」男孩解釋。

「妳叫筱婷呀？」我問女孩。

「對，我叫伍筱婷，他叫陳澤孝。」女孩開朗的自我介紹，「姊姊叫什麼名字？妳是高海珹哥哥的同學？」

「不，我是他的學妹，我叫張夜紗。」我頓了頓，繼續說：「你們之前見過高偉杰發作嗎？」

陳澤孝搖首，「沒有，我們是第一次看見。他這學期才轉來，所以我們不曉得他會那樣。偉杰後來有告訴我，他從小就體質敏感，容易過度換氣，是老毛病了，沒什麼大不了。」

原來高偉杰跟我差不多時期轉來這所學校。

想起高偉杰顫抖著哭泣的那一幕，我總覺得事情沒有他說的那麼單純，不曉得他是什麼原因轉學。

「你們當時怎麼會出現在高中部？你們不能隨便過來吧？」

伍筱婷訕訕地解釋，「因爲高偉杰跟澤孝提過，他高三的哥哥平時中午會去舊校舍的美術教室畫畫，他偶爾會去找他哥哥。我跟澤孝還沒去過高中部，也沒見過他哥哥，所以一直很好奇，偏偏高偉杰都不肯帶我們去找他。得知今天高偉杰又要去高中部，我提議偷偷尾隨，然後故意跳出來嚇他，沒想到他就……雖然高偉杰強調跟我無關，可我還是很後悔，早知道就不要對他惡作劇了。」

「這不是筱婷一個人的責任，我跟偉杰最熟，卻沒問清楚他的狀況，還不顧他的意願湊熱鬧，眞正不對的是我。」陳澤孝焦急補充，言談中相當維護伍筱婷。

「總之，我們都有錯，不僅打擾到妳跟高海珹哥哥，還給你們添麻煩，眞是對不起。」伍筱婷誠心道歉。

「爲什麼說是打擾呢？」我不解地問。

「因爲高偉杰之後有跟我們解釋，他不帶我們去找他哥哥，是因爲那間美術教室只有他哥哥能使用。除了高偉杰，他哥哥通常不讓其他人進去，可是姊姊妳卻出現在那間教室裡，所以我想，妳應該是他哥哥的女朋友，才可以待在那裡。」

誤會大了，我急忙澄清，「不是的，我跟學長有重要的事要討論，臨時找不到適合談話的地方，他才同意我去那裡。」

伍筱婷鬆口氣，「太好了，我還以為我破壞了你們的約會。」

陳澤孝笑著打趣，「就跟妳說不一定是這樣，偉杰都強調他哥哥沒有女朋友，妳偏不信。」

「也許他哥哥會故意隱瞞他呀！」伍筱婷噘嘴。

看著他們的互動，我好奇地問：「你們在交往嗎？」

他們驀地紅了臉，伍筱婷訝異地反問：「姊姊怎麼知道？」

「你們的互動讓我感覺你們不是普通朋友。」我莞爾一笑。

原來，他們是青梅竹馬，跟我和泊霖一樣。

聊著聊著，也到了道別的時刻。看著伍筱婷跟陳澤孝牽手走遠的甜蜜身影，我的心中一陣悵然。

「他們讓妳想念顏泊霖了？」

許耀哲的聲音冷不防冒出，他站在我身旁，漂亮的桃花眼上下打量著我。

我大吃一驚，「你什麼時候站在這裡的？」

「那個叫伍筱婷的女孩叫妳的時候。」

我背脊發涼，代表剛才的對話他全聽見了，也知道我今天又去了美術教室。

「妳看見偉杰發病了？」

原以爲他會立刻質問我關於高海城的事，想不到他關切的是高偉杰。

我一凜，「你認識高偉杰？」

「當然，他就像是我弟弟。」

「所以你也清楚他的身體狀況？」

「嗯，他兩年前開始出現這個毛病。去年他生日那天，我就目睹了他發作。」

「生日？」

「對，我跟他哥幫他慶生，偉杰中途突然發病，還昏了過去。高海城堅持不讓我跟去醫院，一個人陪著偉杰度過一夜。對偉杰來說，那年的生日相當淒涼。」他侃侃而談。

「獨自？他爸媽人呢？」

「他們的父親當時不在國內，母親則對偉杰漠不關心，連醫院的大門都沒踏進一步。」

「爲什麼？」我瞠目結舌。

「一言難盡。」他唇畔的笑意淡了幾分，「偉杰本來就是個敏感纖細的小孩，又承擔太多精神上無法負荷的事，因此小小年紀就罹患PTSD。剛才他的同學提到，偉杰是體質敏感才導致發作，實際上就是壓力引起的。雖然有在治療，但狀況時好時壞，他哥自然得多加照顧。」

說完這些，他話鋒一轉，「高海城果然聯繫妳了？」

「什麼？」他的提問猝不及防，我的思緒快速翻轉，面不改色撒謊，「對。他要我今天再去美術教室一趟，但等到他之前，伍筱婷就先跑進教室，請我幫助身體不適的高偉杰。學長抵達後，就帶著高偉杰去保健室，讓我先回教室，到現在都還沒聯繫我，所以我也不曉得他找我做什麼。」

「是喔。」他反應平靜，看不出是否眞的相信我的說詞。

「對了，昨天你還沒告訴我小威的本名。我已經答應幫你隱瞞學長，你可以透露小威的名字給我了吧？」

許耀哲爽快地點點頭，說出了小威的名字——羅靖威，跟高海城告訴我的名字一樣。

我捏緊衣襬，手指冰冷，他的一番話證實了高海城所言非虛，我也因此認定，照片上的男生是小威本人的可能性非常高。

幾經思量，我決定先不告訴許耀哲，高海城已經查到小威身分的事。

高海城似乎也有能力幫我找出小威，在確定哪一個人更值得利用之前，雙方皆不得罪對我較有保障。

「高海城是何時聯繫妳的？」許耀哲問。

「今天上午。不知道他從誰那裡打聽到我的手機號碼，傳了封簡訊給我。」

我想，許耀哲應該清楚，憑高海城的能力，要取得一個人的手機號碼並非難事。覺得他不會向高海城求證，於是我竄改了某些事實，不想讓他知道，這通電話就是昨天在計程車上的那通。

「如果我沒聽到妳跟偉杰朋友的對話，妳會主動讓我知道他找妳嗎？」

「會呀！都答應跟你合作了。只是我不知道你的電話，也不想到你班上，所以打算等聽完學長的話之後，回家再找機會跟你說。」

臉不紅氣不喘地說出這一串話，我由衷佩服起自己，自從認識他們兩個，短短幾日內，我撒謊的功力變得爐火純青。

許耀哲看著我笑了。

「幹麼？」我擰眉。

「沒事。」他從外套口袋拿出手機，「妳的手機號碼？」

我報出一串數字，他按下按鍵輸入。很快，我的手機響起，下一秒鐘就停止。

「號碼給妳了，有重要的事就打給我。我今天會晚回家，侑芬阿姨應該也要加班，妳一個人沒問題吧？」

「你的關心來得有點晚，我已經這樣在你家要一個月了。」我忍不住吐槽。

「知道了，我會早點回去陪妳。」

「我才不是這個意思好嗎？你不用陪我，我可以自己一個人。」

許耀哲笑出聲音，「好，那我走了，晚點見。」

語畢，他轉身離去，消失在餘暉之中。

晚上八點，我坐在書桌前傳簡訊給高海珹，表示願意跟他談。

剛放下手機，耳邊就傳來敲門聲，一開門，已經換上便服的許耀哲站在門外。

「我回來了，妳吃晚餐了嗎？」他問我。

「吃了。」

「吃什麼？」

我納悶地看著他，「就煮簡單的蔬菜麵，我媽要你來問我？」

「不是，侑芬阿姨還沒回來。我剛打電話跟她確認下班時間，她最快九點才到家，所以我想趁現在跟妳談一談。」

「談什麼？」

「我有事想問妳，如果妳也有話想問我，趁現在一起解決。」

我一愣，「幹麼突然這樣？」

「我總覺得妳還沒完全信任我。明天是週六，侑芬阿姨在家，下週我爸也回來了，如果我們對彼此還有什麼疑慮，最好趁今天解開，往後相處也會比較自在，畢竟妳總不能每次都以讀書爲藉口，把自己關在房裡，避開跟我們相處的機會。」

他的話堵得我啞口無言，沒想到許耀哲連這一點都觀察到了。

「好吧。」

我把手機留在房間，跟著他到客廳。

茶几上有一壺沖好的玫瑰花果茶，還擺了一盤進口香草餅乾，看來他眞的打算跟我促膝長談。

眼前那杯花果茶香氣四溢，我沒有馬上拿起來喝，而是單刀直入地開口：「你想問什麼？」

「妳昨天告訴我，妳是爲了找小威而來到這裡，假如我找到小威，而且明天就能讓你們見面，這樣妳是不是就會馬上收拾行李回家？」

他的話讓我覺得他不希望我留在這裡，於是坦言，「我的確是這麼打算，你也希望我趕快搬走吧？」

「沒這回事，我希望妳留下來。」

我一愣，「爲什麼？」

「據我所知，過去侑芬阿姨聯繫妳，妳都不理她，所以我有懷疑過妳來到她身邊的原因。果然，妳不是因爲思念她才來。當我得知妳眞正的目的，就猜到這件事結束後，妳會馬上離開。」

我面色微沉，「所以呢？你提起這件事，是想責備我欺騙我媽非常惡劣嗎？」

「不是，我能理解妳的決定。只是，哪怕妳並非眞心想留在侑芬阿姨身邊，我還是希望妳能照當初說的，待滿一年再走。侑芬阿姨眞的很高興妳能跟她一起生活，若妳達到目的就回去，她會很失落，我不忍心看見她難過。」

我很意外他會說出這樣的話。

他爲母親著想的心意，讓我心裡很不是滋味，語氣酸溜溜地回：「你對我媽眞體貼。」

「應該的，當家人這麼久了，侑芬阿姨一直對我很好。」

「哪怕她破壞你的家庭，是介入你父母的第三者，你也不介意？」

話一出口，我就後悔自己的衝動，然而話已無法收回。

許耀哲頓時恍然大悟，「原來如此，妳是因爲還無法原諒侑芬阿姨，才不肯接受她？」

「跟你無關吧？」

「是無關，我一開始也沒辦法接受侑芬阿姨。後來我才明白，要是我爸媽眞的相愛，誰都無法破壞他們。不是侑芬阿姨的介入，他們的感情才破裂，而是在侑芬阿姨出現之前，他們的感情就已經出現問題，就算沒有侑芬阿姨，他們終究會離婚。我不清楚你們家的情況，但我認爲，我們都幸運多了，畢竟我們的父母即使分開，還會繼續關心我們，不像有些人，明明雙親都在身邊，卻不被重視，還遭到親人的憎恨。」

他的話勾起我的好奇心，「你說的是誰？」

「偉杰。他的母親已經兩年沒跟他說話了。」

我想起許耀哲有提過高偉杰的母親對他漠不關心，但聽到長達兩年，我還是有些嚇到。

「爲什麼？」

「因爲偉杰在兩年前，意外發現他父親有個私生女，這個孩子的存在連他父親都不曉得。最後，偉杰讓高海城知道了，本來他們打算隱瞞所有人，可是偉杰發現那女孩過得並不好，還因為大人的照顧不周差點送命，決定把真相告訴父親。後來，他父親接回那女孩撫養，偉杰卻從此被他母親冷落，再也不受重視。」

聽見這些驚人內幕，我一時不知作何反應。

「那個私生女，是他們的妹妹？」

「對，她叫馨玫，今年五歲。」

「高偉杰會生病，跟這件事有關係嗎？」我猜測著。

「嗯，但還有另一個關鍵原因。馨玫來到高家前，是跟她的母親和同母異父的哥哥一起生活。兩年前她親戚家發生火災，她跟哥哥當時也在那裡，而她的哥哥不幸罹難，母親也拋棄馨玫失蹤了。偉杰跟高海城那天都在火災現場，目睹了男孩的遺體。在那之後，馨玫被接去高家，偉杰也生了病。高海城說，偉杰是因為親眼看見男孩慘烈死去的模樣，加上失去母親的關愛，才會精神崩潰。」

我忍不住吞了一口唾沫，沒想到那個眉目清秀的男孩，身上竟然發生過這樣的慘事。

「高偉杰是怎麼發現他父親有私生女的呢？」

「馨玫的表姊跟偉杰讀同一間小學，她向偉杰揭發這個祕密，而高海城展開調查後，證實馨玟是他們的親妹妹。爲了家中的和諧，高海珹不得不想辦法堵住馨玟表姊的嘴。他私下照護著馨玟的生活，並決定永遠隱瞞父母，沒想到偉杰還是對父親說出了眞相，但高海珹不忍責怪他，因爲偉杰本來就心地善良，看到妹妹過苦日子於心不忍。最後，偉杰成功拯救了妹妹的人生，自己卻付出慘痛代價。他生病後，生活可以說是一團糟，中間經歷過一次休學、兩次轉學，後來在高海珹的強迫下，才來到這所學校，好就近照看。」

隨著他的說明，高偉杰無聲哭泣的模樣，重新浮上我的腦海。

「那他們的母親，對學長的態度有改變嗎？」

「沒有，偉杰跟高海珹達成共識，不讓母親知道兩個兒子都『背叛』了她。只有這麼做，高海珹才能繼續保護母親跟馨玟。」

他頓了頓，「高叔叔決定接納馨玟後，高阿姨因爲打擊過大，幾乎變了一個人。爲了不刺激她，高叔叔安排馨玟跟他們的姑姑同住，不讓她出現在高阿姨眼前。」

聽到這裡，我不置可否，隱隱覺得有些不對勁。

「你告訴我這些，是可以的嗎？這明明是學長家的私事，跟我們之間的事又有什麼關係？」

他唇角上揚，「沒錯，要是高叔叔有私生女的事被爆出去，後果不堪設想，因此我是冒著跟高海瑊絕交的風險告訴妳這些。我認爲高海瑊最近可能會找上妳，所以決定跟妳說出一切，希望妳跟我合作。我不想讓高海瑊在最辛苦的時候，還要爲我的事傷神。」

我更疑惑了，「這是什麼意思？」

「高海瑊他們家的事業龐大，所有妳想得到的行業，都可能與他家的集團有關。然而，他們的家庭關係非常複雜。高海瑊的壓力已經夠大了，他從以前就因爲他父親的風流吃不少苦，如今又因爲父親惹出的爛攤子，必須擔下照看弟妹跟母親的責任，還要面對家族間的勾心鬥角。這次我們鬧出的事，牽涉到販毒集團，情況非同小可，所以我才希望可以瞞著他處理，否則一個不小心，我可能會害到他。」

許耀哲這些話不像在危言聳聽，我不由得繃緊神經。

「你說學長懷疑你，指的是，你說不認識小威其實是騙他的？」

「他不是懷疑，而是肯定我在騙他。像這樣的大事，他不是直接問我，而是私下找妳過去，就證明他不僅知道我認識小威，還擔心我可能會藉由這次的事，聯繫上當年從我手中接走小威的人，高海瑊很討厭他，一定會想辦法阻止這件事。」

我眨了眨眼，「你是說，許久沒有聯繫的那個朋友？」

「對，他大我兩歲，我小學就認識他了，是對我來說很重要的人，可高海瑊始終看他不順眼。」

「為什麼？」

「不知道，他不願告訴我。那個人對我來說，就如同顏泊岳在妳心中的地位，是個優秀正直的人，所以我一直不明白高海珹為何討厭他。」

「你胡說八道，你朋友明明就是幫派分子，哪裡優秀正直？如果你沒有把小威交給他，小威或許就不會誤入歧途，更不會害死泊岳哥。這樣的人怎麼可以跟泊岳哥相提並論？會跟幫派分子當朋友的你，又怎麼能讓我完全信任？」

我言詞尖銳地反駁，使許耀哲登時沒了表情，「那個人不是幫派分子。在我跟他失去聯絡前，根本不知道他會跟幫派扯上關係。要是我知道他有那種背景，怎麼可能跟他來往，甚至把小威交給他？」

他的態度不像是在說謊，我半信半疑，「那……這是怎麼回事？你朋友是刻意瞞著你？」

「我不知道，所以我也很想見到小威，問清楚眞相。」

我凝神望著他，「你那朋友叫什麼名字？」

「陳璿，我們是在三年前失去聯絡的。」

許耀哲吐一口氣，說起當年的往事：「那年寒假我跟朋友遇見了小威。他隨便坐在我朋友的重機上被我們趕走。隔天，我在一間超商門口碰到渾身狼狽的他，好奇跟他聊了一下，得知他離家出走、無處可去，他已經餓了一天，我就請他吃飯，剛好陳璿打給我，我便順勢告訴他這件事，他不忍小威在寒流中四處遊蕩，願意收留他一晚，於是我幫小威叫車，送他去陳璿家。這件事我後來有告訴高海珹。」

我屏息聆聽，「然後呢？」

「然後，我就再也沒見過陳璿了。把小威交給陳璿的隔天，他打給我，說已經幫小威找到安全的落腳處，叫我別擔心。然後，他提到他臨時要搬家，安頓好會再跟我聯絡，但我再也沒等到他的電話。」

他用沒有起伏的聲音繼續說：「一年後，我在路邊被人叫住，對方正是小威。他身上有了刺青，變得神采奕奕，完全沒有當初淒慘落魄的樣子。直到那時，我才知道他的名字，他讓我叫他『小威』。我們寒暄了一番，他過得很好，也很感謝我把他交給陳璿。然而，當我問起陳璿將他安置在何處、知不知道陳璿在哪裡，他竟說不能告訴我，叫我不必擔心，隨後就跳上他朋友的機車迅速離開，我完全來不及多問。」

「這件事，你也跟學長說了？」

「沒有。」

我看著他，猜到一個可能，「你選擇隱瞞，是不是因爲你覺得陳璿有問題？畢竟小威那時說的是『不能告訴你』，而非『我不知道』，這表示他清楚陳璿的下落，還可能一直有跟對方聯絡。」

許耀哲頷首，「我就是這麼想的，但後來我就沒能再見到小威，所以無法向他確認，只能一直記掛著這件事。那天在美術教室，高海珹問我是否認識小威，我嚇了一大跳，由於不確定他知道了多少，只能先裝傻，後來，從妳口中我才知道發生了什麼事。高海珹的記性好，必然還記得我曾經將某個無家可歸的男孩交給陳璿，也從妳的話推測出那男孩就是小威，所以他才會試探我。」

他重新迎上我的目光，認真地說：「高海珹知道我一直在找陳璿，假如他懷疑小威跟陳璿是一伙的，絕不會讓我繼續找他。爲了阻止我，高海珹說不定會逼妳跟他合作。我現在告訴妳這些，就是希望妳不要被他動搖。只要找到小威，妳跟我的目的都能達成，妳可以爲顏洎岳討回公道，我也有機會釐清他跟陳璿發生的事，所以必須要隱瞞高海珹。」

我呆愣住，不發一語，半晌才鈍鈍地點頭。

「我明白了。但我還有一個問題，既然你聯絡不上陳璿，那你打算怎麼透過他找出小威呢？」

「陳璿的叔叔就住在附近。我和陳璿失聯時曾去找過對方，鄰居說他叔叔欠債跑路，下落不明。一年前我再打電話過去，是陳璿的嬸嬸接的，她說陳璿的叔叔已經過世，陳璿有回去爲他上香，還約定好隔年叔叔的忌日會再去看他嬸嬸。陳璿叔叔的忌日就在兩個月後，我已經拜託他嬸嬸，假如陳璿眞的出現，務必跟我聯絡。所以，運氣好的話，只要兩個月，我不僅能見到陳璿，還可以藉由他找出小威，希望妳能耐心等到那個時候。」

我攥緊放在大腿上的拳頭。

「好，我知道了。」

「謝了。」一抹淺淡笑意重回他的臉上，「妳剛才的分析很正確，其實，聽到我的朋友是幫派分子，妳不信任我很正常。現在誤會解開了，希望妳別再對我抱有戒心，可以對我跟侑芬阿姨更坦率一點。」

「你胡說什麼？我很坦率啊！」我下意識反駁。

「少來了，妳對侑芬阿姨的態度明明超假，哪有小孩會一直在自己的母親面前裝乖？妳眞以爲她什麼也沒察覺？」

我愣住，「難道我媽跟你說了什麼？」

「是啊！昨天晚上，侑芬阿姨偷偷告訴我，妳其實是因爲在老家遭遇到傷心的事，才會想換個環境生活。但從妳住進來到現在，都不曾在她面前表現出悲傷，也不曾主動跟她分享心事，更不會對她撒嬌和鬧脾氣，所以她爲此深深煩惱，不曉得怎麼做才能讓妳重新對她敞開心房。不過就我看來，妳應該不是眞的不在乎侑芬阿姨，不然也不會吃醋。」

「吃什麼醋？」

「今早我跟侑芬阿姨聊天時，有發現妳看著我的眼神中流露出一絲敵意。妳會嫉妒我跟侑芬阿姨的好感情吧？既然介意，何必要裝作不在乎呢？」

「我、我才沒有呢！」我急著反駁，導致不小心結巴，聽起來更像是心虛。

「沒關係啦！如果妳眞的對妳媽媽有埋怨，就和她說開吧！搞不好侑芬阿姨一直在等妳開口。不管好話、壞話，她一定會認眞回應。我知道妳是個善良體貼的好女孩，所以我是眞心想跟妳好好相處，也希望妳和阿姨能回到以前的親近。」

他突如其來的讚美，令我起了一身雞皮疙瘩。

「你又知道我是怎樣的人？」

「我知道，如果妳眞的完全不在乎阿姨的心情，也不在乎我們家會變得如何，一開始其實可以威脅我，要把一切告訴阿姨跟我爸，但妳沒有這麼做。我能確定妳沒有想傷害阿姨跟我們，這一點我很感謝妳。」

我愣了一會才別開視線，倔強地說：「如果你故意裝傻不理，我就會這麼做。而且，你憑什麼管我要怎麼跟我媽相處，只是暫時住在一起，你就眞的當自己是我哥哥了嗎？」

「妳覺得我沒資格當妳的哥哥嗎？」

「我的哥哥只有泊岳哥！」我沒好氣地道。

許耀哲不以爲意地笑了笑，「好吧！那我們這樣相處就好，突然間多了一個妹妹，我也不曉得該怎麼做才好。這一年裡若遇上什麼困難，妳就跟我說，我會盡力幫妳。」

我沒有回話。

此時玄關處傳來開門聲，下班回來的母親見我們坐在客廳享用茶點，眼中有著驚喜，似乎以爲我們變得更親近，由衷感到高興。

後來，母親也坐下加入談話，等到茶壺的茶都喝光，餅乾也吃完了，時間已經九點半了。

回到房間後，我拿出手機，發現高海珹已經回覆我了。

他傳來一個距離頗遠的陌生地址，要我明天前往。

想了想，明天剛好沒什麼事，我便回傳同意的訊息。

考慮到最後，我還是打算聽完高海珹要說的話，再決定要不要告訴許耀哲。

今晚許耀哲說的每一個字，徹底占據我的心思，我不小心又失眠，過了十二點才入睡。

Chapter 07

許耀哲在接到一通電話後，以「同學約打球」爲由，跟母親說了一聲，便離開了屋子。

大門的響動使我確定許耀哲已經出門，我對著在流理台切水果的母親說：「媽，我一小時後也要出門，去書店買些參考書，順便逛逛。」

「要不要媽媽開車載妳去？」

「我自己搭公車去就好，因爲還想逛街，所以不會太快回來。」

「這樣啊，那……」母親停頓了一下，「那好，媽媽就趁著今天打掃家裡，好迎接妳許叔叔回來。中午吃了耀哲喜歡的義大利麵，晚餐就煮妳想吃的吧！妳有沒有想吃什麼呢？」

平時母親這麼問，我只覺得無所謂，每次都敷衍地回答「都可以」，但今天不知爲什麼，一察覺到母親的欲言又止，我說出跟平時截然不同的答覆：「我有點想吃咖哩飯。」

「好，媽媽晚上就煮咖哩飯給妳吃。」即使沒有看母親的臉，我也能從她的聲音裡聽出喜悅。

「嗯。」我仍沒有抬頭，快速清洗手上的盤子。

一小時後，我背著包包出門，一出巷弄，就看見一輛黑色高級轎車停在馬路邊。瞄了一眼車牌上的號碼，是高海城安排的車。

答應赴約後，今早高海城又傳簡訊來，說會讓人來接我。

幸好許耀哲臨時要出門，否則知道我有約，他也許會起疑而多問幾句。

上車後，我看著窗外的景色，心情越發忐忑。高海城如此慎重其事地找我，代表他想跟我商量的事非同小可。

半小時後，車子停在坐落於都市近郊的一間雙層別墅前。

別墅約莫五十幾坪，以黑、灰、白三色構築，給人低調奢華的高級感。四周景色一片綠意盎然，環境清幽，是很適合暫時遠離塵囂，放鬆歇息的住處。

在我下車後，司機就驅車離開。

我在大門前站了半分鐘，正要摁下門鈴，大門卻在這時打開。

一張清俊的面孔出現在門後，我嚇了一跳，對方也同樣錯愕。

「妳爲什麼會來這裡？」男孩眼中流露出警戒。

「是、是你哥哥找我來的。我們約好今天見面，他請人載我過來。」我匆忙解釋，深怕他以爲我是可疑人物。

高偉杰專注打量我，表情微妙，像是在懷疑這句話的眞實性。

見他氣色紅潤，精神也不錯，我開口關心：「你的身體好些了嗎？」

「嗯。」他點頭，側過身讓我進屋，「請進。」

別墅一樓是開放式空間，客廳跟廚房的景色一覽無遺。

我環顧四周，始終不見高海琙的人影。

「我哥哥在二樓書房，既然是他讓妳來的，那妳可以上去找他。」高偉杰說。

「喔，好的。」

觀察著這間一塵不染的美麗屋子，我忍不住問：「這裡是你們家嗎？」

「不是，這是我三叔的別墅。他在國外定居，讓我跟我哥使用這間房子，我們週末偶爾會過來。」高偉杰詳細地爲我說明，話鋒一轉，「妳喜歡紅茶還是奶茶？」

「奶茶。」我反射性地回答。

「好。妳上樓吧！右手邊第一個房間就是書房。」

「謝謝你。」

我輕手輕腳踏上一旁的黑色樓梯。

一上樓，整片落地窗映入眼簾，陽光從窗外灑進屋內，照亮了整個空間。望向右邊的第一扇玻璃門，裡頭的門簾全部拉上，看不見室內的光景。

我在玻璃門前站定，正要敲門，玻璃門霍然開啟，嚇得我發出驚呼。

高海珹走了出來，視線不偏不倚地對上我。

他身著黑色高領毛衣和藍色牛仔褲，閒適輕便的裝扮，和穿制服的感覺截然不同，讓他看上去少了幾分銳利，多了點少年感。

「學長，我在樓下遇到你弟弟，他讓我上來找你。」我緊張地說明。

「我想說妳差不多該到了，正要去接妳。進來吧！」高海珹轉身走回書房。

書房的風格文青簡約，走「無印良品風」。兩側的書牆高至天花板，至少有上千本藏書。

坐在柔軟的深灰色布沙發上，我望著對面的高海珹，謹慎探問：「學長爲什麼要約在這裡呢？」

「學校的舊校舍週末要施工，不好談話。」他言簡意賅，一點時間都不浪費，立刻進入正題，「許耀哲怎麼跟妳說的？」

我清清喉嚨，將昨夜想好的說詞，快速向他述說一遍。

「許耀哲確實向我坦承他認識小威。」

我頓了頓，「他說，他在三年前偶然幫助無家可歸的小威，並把他託付給信任的朋友，讓他在對方家裡留宿。一年後，許耀哲在路邊意外跟小威重逢，但當時小威急著離開，他來不及問到聯繫方式和小威現在居住的地方，就跟小威分開了，至今也都沒再見到他。」

「許耀哲有沒有說他把小威託付給哪位朋友？」

「有，他說那個人叫陳璿。陳璿跟小威幾乎是同時下落不明，許耀哲也很驚訝小威會販毒，更不明白陳璿爲何會跟幫派扯上關係，很想知道對方究竟發生什麼事。我也有問許耀哲爲何決定對你說謊，但是他沒告訴我。」

昨天聽完許耀哲的話，我就料到高海珹很有可能會問及陳璿，因此，我最後決定坦白告訴他，一來，是想看看能不能問出更多內幕，二來，是爲了加深高海珹對我的信任。

然而，在確定高海珹的打算前，我不打算供出許耀哲隱瞞他的眞正原因。

「所以，許耀哲親口告訴妳，這兩年他都沒有跟陳璿和小威聯繫，也沒說會怎麼幫妳找小威？」

「對，他只說會想辦法找到他。」

見高海珹安靜下來，我接著探詢，「那學長要跟我商量的事是什麼？」

他拿起放在桌上的一份牛皮紙袋，面無表情開口：「羅靖威的所有照片，以及他的身家資料通通在這裡，包括他這一年經常出沒的地方，我都已經幫妳調查出來，有了這些，相信妳可以更快找到他。」

我倒抽一口氣，「這是眞的嗎？」

「眞的。」

我內心激動，迫不及待接過那份紙袋，一伸手，高海城就拿得離我遠遠的。

「想要這些資料，就答應我兩個條件。第一，不許再跟許耀哲提出任何關於小威的要求；第二，這個月內搬出許耀哲的家，從今往後不許再拿這件事找上他。只要妳同意，我就在妳離開的那天，將這份資料交給妳。」

我驚慌失措，「爲什麼？」

「妳說，妳是爲了找小威才來到這裡，那我將找出小威的線索交給妳，妳自然沒必要繼續待在許耀哲身邊了。妳回到家人身邊，就能取得這份資料，我認爲這對妳沒有損失。」

他的一番話，讓我不禁猜測著他的動機。

「你這麼做，是爲了不讓許耀哲見到小威？」

「這不干妳的事。看在顏泊岳的分上，我願意幫妳到這裡，接下來，妳要自己找出小威，還是把資料交給警方，都隨妳高興，只要別說出是我提供的就好。既然妳的目的只是找出小威，就照我說的做，別節外生枝。避免夜長夢多，我只給妳一個月的時間。」

發現高海城是認真的，我心中一陣混亂，不知該如何是好。

「學長，可是我——」

他比出噤聲的手勢，我的話硬生生地打住。

高海城起身開啟書房的門，高偉杰就站在門外。

他端著托盤，上頭放著一組精緻茶具，和一塊新鮮的奶油蛋糕。

「你在做什麼？」高海城問他。

「我幫張夜紗學姊準備了茶點。」

高偉杰對我的稱呼讓我很意外，原來他已經記住我的名字。

「我沒叫你做這種事，不是要你先回去？」

高海城的聲線冷淡嚴肅，似乎是動怒了。

男孩微微瑟縮，低頭對哥哥說：「對不起。」

見高偉杰因爲我被責備，我於心不忍，趕緊上前幫他說情。

「學長，是我拜託他準備這些的。來的路上我太緊張，所以口很渴，才向他要點東西喝。高偉杰是爲了幫我準備飲品才留到現在，你別怪他好嗎？」

高海瑊看向高偉杰，「是這樣嗎？」

男孩遲疑著支吾，在他開口前，我站到二人的中間，直視高海瑊的眼睛，「就是這樣。」

聞言，高海瑊的目光從我臉上移開，從高偉杰手中接過托盤，「給我就好，偉杰你回去吧。」

他語氣變回原來的平緩冷靜。

「好。」

高偉杰乖順應下，看了我幾眼，就轉身走下樓梯。

書房門關上，氣氛一下就變得尷尬。

高海瑊將托盤放在桌上，見我沒動作，主動爲我倒了一杯奶茶。

「喝吧，不是口渴了嗎？」

「好。」

我端起那杯茶，硬著頭皮啜飲一口，香醇甜美的滋味滑過喉嚨，一瞬間溫暖了我的心窩。

只要想到這杯奶茶是那個溫柔男孩爲我沖泡的，我的心情就不可思議的平靜。

多虧了這杯茶，我爭取到一些思考的時間。

我將喝完的空茶杯放回桌上，鼓起勇氣開口：「學長，我恐怕無法馬上答應你說的條件。在一個月內搬回去實在太匆促，而且可能會讓許耀哲懷疑我，畢竟他很敏銳，至少給我兩個月……」

「好，就兩個月。」高海珹一秒同意。

我傻住，剛剛他堅持非一個月不可，怎麼這麼乾脆就改變心意？

「眞的嗎？」

「對，但是這段期間，妳要幫我監視許耀哲。」

他順勢對我提出另一個要求，「先前妳說過，告訴妳那傢伙的弱點，妳就會協助我調查他。我想，妳已經知道他的弱點是什麼了。妳替我留意許耀哲每天的動向，若他有奇怪的舉動，或是身邊出現可疑人物，立刻告訴我。這就是我答應妳延長至兩個月的條件。」

高海珹的話讓我背脊發涼，他不僅記得我說過的話，還能馬上想到並運用這點利用我。

我再次有了絕對不能跟他爲敵的念頭。

「你是要我……留意他身邊是否出現可能是小威的人嗎？但憑昨天那張模糊的照

片，我無法確定小威的長相。」我老實相告。

高海瑊沉默，從牛皮紙袋裡抽出一張照片遞給我，那張照片清楚拍下小威立體的五官。

他濃眉大眼，給人桀驁不馴的感覺，而頸部跟手臂都有鑰匙圖案的刺青——這個特徵並沒有出現在昨天看的那張照片中。

「一年後，我在路邊被人叫住，對方正是小威。他身上有了刺青，變得神采奕奕，完全沒有當初淒慘落魄的樣子。」

根據許耀哲所說，他兩年前跟小威重逢，他身上有了刺青——這張照片是小威近期的照片。

我將小威的容貌深深刻進腦中，此時，高海瑊又說：「除了小威，我還要妳特別留意陳璿。許耀哲有沒有讓妳知道他的長相？」

我搖了搖頭。

高海瑊走到書桌前，從抽屜裡拿出一張照片。

是兩名男生的合照，其中一名少年身材高䠷，穿著冬季的高中制服，另一名青澀男孩就是許耀哲。

少年眉目柔和，微笑的樣子讓我留下深刻的印象。

「這是陳璿高二的照片，他就是在那一年消失的。」高海瑊的聲音波瀾不興，「我認爲小威可能知道陳璿的下落，要是讓許耀哲幫妳找小威，他就會再見到陳璿。若妳沒有想傷害許耀哲，也不希望他出事，就從現在起阻止他。」

我滿臉愕然，「你的意思是，陳璿會傷害許耀哲？還是說，你只是懷疑陳璿跟小威一樣涉及犯罪，擔心許耀哲跟他重逢會被牽連？」

「都有。要是陳璿眞的涉毒，並重新聯繫上許耀哲，最壞的結果，就不只是被牽連進去這麼簡單，可能連許耀哲的父母都會遭到波及。妳若不想看見妳母親的事業跟家庭陷入危機，最好心甘情願跟我合作。」

我全身寒毛直豎，急忙詢問：「學長，請你說得更清楚一點。陳璿是怎樣的人？你對他的了解有多少？他眞的有想害許耀哲的念頭嗎？他們難道不是朋友？」

「陳璿是怎樣的人，妳不需要了解。妳只要知道他對許耀哲來說相當危險，做到我要求妳的事就好。」

我口氣很急，「可是，你不讓我了解陳璿，我就無法明白整件事的嚴重性，我得弄清楚他們之間的事，才能想辦法阻止許耀哲找他。如果這件事眞的會害到我媽，我自然不能坐視不管，所以拜託你告訴我。」

高海珹思忖了會，半晌，才終於答應我，說明陳璿跟許耀哲認識的經過——

許耀哲小學三年級時在學校的泳池裡溺水，被路過的陳璿救起，他們因此結識變成朋友，感情親密得猶如親兄弟。

陳璿家境清苦，與生病的父親相依爲命。他品學兼優，深受師長跟朋友的喜愛，身邊的人都對他讚譽有加。

聽到許耀哲說陳璿跟泊岳哥很相似，那時的我不以爲然，但聽完高海珹對他的描述，我竟也開始有同樣的感受。

「學長從前欣賞陳璿嗎？」

「一點也不。」

「爲什麼？你早就看出陳璿有問題？」

「沒有，我嫉妒陳璿的優秀，所以看他不順眼。」

我怔怔望他，脫口而出，「你在說謊吧？」

高海珹面無表情，「妳憑什麼說我在說謊？」

我說不出原因，尷尬地回道：「我不知道，只是有種感覺，這應該不是你的眞心話。」

他的目光在我臉上駐留，不久，嘴角微微一動，像是在笑，「就當妳的感覺是正確的。」

他不正面回應我的猜測，繼續說：「我跟許耀哲雖然從小就認識，但也是到五年級才變得親近。當時，只有我看出陳璿對許耀哲的好是帶有目的，也料到他總有一天會傷害那傢伙，而後的確證實了我的預感沒錯。不過，在陳璿實際行動前，我先阻止了他，並讓他從許耀哲的身邊消失。」

我瞠目結舌，試著消化這段話。

「陳璿會離開許耀哲，是因爲你？」

「對。」

這驚人的反轉嚇了我一跳，連忙問：「你怎麼看出陳璿的不懷好意，又怎麼讓他離開許耀哲？」

「陳璿過得比一般人艱辛，但他是個聰明人，很早就認清再怎麼努力，也無法靠自身力量翻轉，只有找到讓他擺脫命運的踏板，才有機會成功，而許耀哲就是他決定利用的踏板。陳璿救過許耀哲的命，還在他傷心難過時給他依靠，漸漸成爲許耀哲生命裡不可或缺的人。他也找到了可以永遠抓住許耀哲的辦法，讓那傢伙一生對他心懷虧欠。」

「這是什麼意思？」我茫然。

「就在許耀哲撿到小威的一星期前，他找了陳璿去KTV參加他的慶生會。那段期間陳璿父親的身體狀況不好，但禁不住許耀哲的請求，陳璿還是赴約了，待他回到家後，他的父親已經沒了呼吸心跳。如果陳璿那天沒出門，應該來得及救回他的父親。這件事許耀哲至今都還不知道。」

我僵直不動，艱難的開口，聲音有些發抖，「那你怎麼會知道？」

「許耀哲生日的隔天，我剛好有事去醫院，在那裡發現陳璿跟他叔叔在處理他父親的後事。當天我就找了陳璿詳談，他答應不會告訴許耀哲這個消息，也同意離開許耀哲。」

「你找他談，他就同意？」我感到匪夷所思。

「對，因爲陳璿知道我早就看清他的打算，我手裡也有他想傷害許耀哲的證據。猜到他的下一步行動，我直接跟他把話說開。陳璿知道已經瞞不過我，也因此坦承他接近許耀哲的動機不單純，並想利用父親的死牽制他。但陳璿看到我爲許耀哲這般著想，願意給我一個機會。」

「什麼機會？」

「他承諾不會主動透露自己的下落給許耀哲，也會讓他的叔叔和嬸嬸幫忙隱瞞父親過世的消息。但是，如果許耀哲還是找到了他，他就不會再推開許耀哲，若許耀哲問他當年離開的原因，他也會全盤揭露。」

高海珹眸光不動，平靜地問：「若陳璿就在羅靖威的身邊，而且正是陳璿把他拉進販毒集團，這時許耀哲見到他們，妳覺得會有什麼後果？以我對陳璿的了解，他必然會讓許耀哲認爲，自己不僅害死陳璿的父親，更害得陳璿誤入歧途。許耀哲至今都還牽掛著陳璿，一心想再見到他，爲了彌補陳璿，他可能會做出無法挽回的事。最壞的結果，就是換他被陳璿陷害，踏上跟顏洎岳同樣的不歸路。一旦事情演變至此，妳認爲許耀哲的家人，包括妳母親，有辦法置身事外嗎？」

我無法反駁高海珹的推論，很合理，也相當眞實。

寒意瞬間自胸口蔓延到全身，我不由自主地顫抖。

「那……那我現在該怎麼辦？」我無助地問。

「我已經給妳選擇，就是帶著我給妳的情報回妳家。這不光是爲妳母親，也是爲妳好，妳沒必要因爲許耀哲蹚這個渾水。」

高海珹漠然的嗓音沉了幾分，「顏洎岳的事，我很遺憾，也很感謝妳讓我知道羅靖威的事，所以我盡我所能幫妳到這裡，希望妳答應我就此停手，別再逼那傢伙。無論如何，我都不能讓許耀哲再見到那兩個人。」

對上高海珹的眼睛，我惶惶不安，指尖冰冷。

「但我離開後，這件事眞的會結束？」

「我不知道，但或許能讓許耀哲不再那麼積極尋找羅靖威。許耀哲不是冷血的人，若知道自己間接導致顏泊岳的不幸，不可能無動於衷。只要妳繼續在他身邊，他就無法眞正放下。」

我眨眨乾澀的雙眼，一句話都說不出口……

ღ

我準備離開別墅，高海珹安排的車已在屋外等候。

他親自送我到門口，「我無法二十四小時跟著許耀哲，這段期間請替我留意他。我知道這很爲難妳，但還是只能拜託妳。」

第一次聽到高海珹用這般誠懇的語氣對我說話，加上被他愼重託付，讓我感覺我們的距離似乎變近了些，因此湧上一股衝動，想對他傾訴更多泊岳哥的事。

我轉身面對他，「我有些話想跟學長說。」

我將泊岳哥對他的仰慕和遺憾，以及希望能爲泊岳哥畫出一幅畫作的願望說給高海城聽。

他沒有反應，我也無法從他的表情揣測出他的心思。

「我無意讓學長感到負擔，只是，我無論如何都想將泊岳哥生前的心意傳達給你。你拜託我的事，我一定會認眞考慮。我走了。」

在高海城的目送下，我上了車。

隨著轎車駛離別墅，緊繃已久的情緒一下子釋放，我虛脫靠著車門，身體跟腦袋無比沉重。

沒讓司機直接送我回家，我在商店街下車，漫無目的走在街上。

突地，手機響起，是許耀哲打來的。

「妳在哪裡？」

「車站附近的商店街，我來買東西。」

「哪間店？我去找妳。」

看了看周圍，正好眼前有一間速食店，於是告訴他速食店的位置，我便站在店門口等候。

心事重重的我沒餘力留意周遭，直到許耀哲的整張臉進入視線內，我才知道他抵達了。

「妳怎麼了？」

「什麼？」

「遠遠就看妳一臉沉重，叫妳也沒聽見。」他打量我，「該不會是高海珹跟妳聯絡了？」

聽到關鍵字，我反射性搖頭，「沒有，我想事情太專注，才沒聽見你的聲音。你爲什麼來找我？你不是跟同學去打球？」

「那是騙人的，我沒去打球。我剛剛回家，侑芬阿姨說妳在我出門後也出去了，我在想是不是高海珹找妳，所以來跟妳確認。」

我不解，「你爲什麼要騙人？如果你不是去打球，那你去哪了？」

「我去兩年前跟小威重逢的那個地方。」

許耀哲的回答超出我的想像，他接著說：「雖然機會渺茫，但我想過小威可能還會出現在那一帶，所以有請附近的店家替我留意，只要看見與小威有相同特徵的年輕男生，就跟我聯絡。今天中午的電話，就是其中一間店打來的，老闆說看見客人有那樣的特徵，我才找藉口過去確認。」

我大驚失色，說出來的話有些結巴，「結、結果呢？」

他一臉無奈地搖搖頭，「結果弄錯了。我告訴附近店家，小威身上有鑰匙造型的刺青，那位的刺青的確很類似，年紀也跟小威差不多，但我見了他，結果卻是烏龍一場。」

我的心臟跳得劇烈。得知他沒有找到小威，我一時間竟不曉得是該失望，還是該鬆口氣。

「沒想到你會這麼做，我以為你會等到陳璿叔叔的忌日再行動。」

「我本來也是這麼想，但我無法肯定陳璿一定會出現，而且我的個性也不會坐著乾等，不如利用這段時間透過其他方式打聽，搞不好真有機會發現到什麼。」他樂觀地說。

「爲什麼？」

「什麼爲什麼？」

「你難道沒想過，陳璿可能已經不是你認識的陳璿。要是他跟小威真的都犯了罪，你還是非見到他不可？你不怕受到傷害，甚至是遭到牽連？」

原以爲許耀哲聽了會生氣，但他只是擰眉，盯著我看，眼神古怪。

「妳是在擔心我嗎？」

「誰擔心你了？」我否認。

「那妳為何這麼問？好像不希望我繼續找陳璿。我若不找到他，怎麼有線索幫妳找出小威？」

「我……我知道，我只是好奇你的想法而已。」我答得生硬。

許耀哲嘆息，認真地回應：「妳說的這些我當然想過，也有掙扎過，可是我還是想確認，顏泊岳的事到底跟陳璿有沒有關係？如果我真的是讓顏泊岳墜入不幸的罪魁禍首之一，怎麼可能有辦法置身事外？妳真以為我聽了昨晚妳指責我的那些話，心裡一點感覺也沒有？」

「如果你沒有把小威交給他，小威或許就不會誤入歧途，更不會害死泊岳哥。」

我無言以對，內心陷入深深糾結。

這時，我的頭髮被許耀哲動手亂揉，我連忙跟他拉開距離，出聲抗議，「你幹麼？」

「妳果然不太對勁，不僅說出像是在為我擔心的話，對侑芬阿姨的態度也變得有所不同。」

「我有嗎？」我疑惑。

「有！妳是不是跟侑芬阿姨說，妳晚餐想吃咖哩飯？我一回去，侑芬阿姨就告訴我這件事，她非常高興地說，這是妳第一次主動跟她說想吃什麼，她也馬上就出門去買做咖哩的食材。」

自己隨口說出的一句話竟讓母親這般開心，我的心情變得更加複雜。

「謝謝妳囉，妹妹！」

我擰眉，「爲什麼謝我？」

「妳不是因爲我昨晚說的話，才開始願意對侑芬阿姨好的嗎？」他的眼底一片笑意。

「你想太多了，我只是突然非常想吃咖哩飯罷了。」我撇開眼，嘴硬地道：「還有，別叫我妹妹，我說過我沒把你當作哥哥。」

「好吧，那叫妳夜紗。妳的名字很好聽，會讓人想多念幾次。」

他毫不掩飾的讚美，讓我一秒起雞皮疙瘩，臉頰升溫。

「你也不能這樣叫我！」

「那要怎麼叫？連名帶姓叫妳嗎？這樣太生疏了吧？我們現在是家人，叫妳夜紗有什麼不可以？」他疑問的表情和口氣，似乎是由衷不解。

「誰、誰叫你要說那句多餘的話！」

「哪句？『妳的名字很好聽』這句？我只是陳述事實，妳是第一次聽到這種讚美嗎？顏泊霖從沒這樣對妳說過？」

我僵硬地回：「我……我跟泊霖天天相處，早就習慣彼此的名字，當然不會注意這種事。」

「是嗎？看來距離太近，有些重要的事物眞的會看不見。」他意味深長地說出這句話。

許耀哲頓了一頓，又聳了聳肩，「好吧！如果妳眞的不喜歡，在想出滿意的稱呼之前，我繼續叫妳張夜紗。總之，我很高興妳願意對侑芬阿姨跨出那一步，我知道這不容易。」

「你又知道了？」我斜睨他一眼。

「當然知道。我說過，我一開始也無法接受侑芬阿姨，是有人用心開導我，我才慢慢看見侑芬阿姨的好，而眞心接納她。」

我好奇，「是誰開導你？」

「就是陳璿。在我爸媽離婚後，是他在身邊安慰我，陪我走過最煎熬的時期。我後來才想明白的那些事，也是他教會我的。有時候陳璿的思想比大人還成熟，我打從心底仰慕他。看妳跟侑芬阿姨的互動，會讓我想起他過去對我的幫助，忍不住就想幫妳們拉近距離，如同陳璿拉近我跟侑芬阿姨的距離。」

我呆了呆，艱澀地開口：「他在你心中眞的就那麼好？」

他揚起唇角，「是啊，從以前到現在，會在我犯錯時嚴厲糾正我的朋友，除了高海珹，就只有陳璿。陳璿跟想從我身上撈到好處，一味奉承我的朋友完全不同。至今我沒走偏，我認爲都是託他的福，所以我無法相信陳璿眞的會帶著小威犯罪，暗暗期盼這一切與他無關。妳的出現，讓我更確定要找出他。這件事我不會逃避，一定會幫妳到最後，妳放心。」

見我久久未作聲，許耀哲納悶，「怎麼？妳還不肯相信我？」

「不……不是，我只是有點意外，雖然我沒把你當哥哥，但你說的話，感覺挺有幾分做哥哥的樣子。」我眨眨乾澀的眼睛。

他微愣，眼睛彎成新月，「眞的？如果妳想叫我哥哥，我無所謂喔！」

「我才沒這麼想。」

「妳不用害羞啊！」他笑出聲，不知道在高興什麼。

「我沒有害羞！」

我彆扭地說完，聽見有人在叫許耀哲。

四男三女朝我們走來，我認出他們是三年級的學長姊。

許耀哲好奇地問：「你們看完電影了？」

「對啊，打算去唱歌。」

回答的學長看了我一眼，其他人也對我投以打量的眼光。

聽見他們約許耀哲，我默默轉身想要離開。

沒想到，許耀哲卻一把抓住了我的手腕。

「妳去哪裡？」

「我、我要回家啊。」我嚇了一跳。

「我跟妳回去。」

許耀哲婉拒了同學們，跟我一起離開。

經過他們時，我的餘光瞥見其中一名單眼皮的漂亮學姊眉頭緊蹙，表情看起來不是很開心。

與他們拉開一段距離後，我才問：「你們今天有約嗎？」從他們剛才的對話裡，我猜到這個可能。

「有約好去看這週上映的新片，結果臨時接到店家的電話，就取消了。」許耀哲說道。

「那你現在怎麼不跟他們去唱歌？」

他停頓了一會才回答：「就沒什麼心情。反正我們平常會約，不差這一次，而且我晚上也想吃咖哩飯，要是太晚回家，就吃不到了。」

原本想開口說，可以請母親幫他保留一份，腦海裡卻閃過一個猜測——許耀哲是不是以爲我跟母親單獨相處會尷尬，才決定陪我回去？

我不知道這莫名的想法從何而來，大概是聽到他關心我和母親的那番話，讓我不自覺往這方向揣想。

意識到這點，我心中開始對這個人產生不一樣的感覺。

許耀哲其實是個好人。

同時，我面臨著有生以來最困難的抉擇。

Chapter 08

搬進許耀哲家一個月後，我終於見到他的父親。

週一，許振叔叔回國時已近傍晚。他一下飛機連衣服都沒換，便親自開車到學校接我跟許耀哲放學，再到母親的公司接她，我們四人一同前往餐廳。

許耀哲跟許叔叔長得不太像，但眉毛跟嘴唇的形狀一模一樣。

之前看到許叔叔剛毅的面容，還以爲他是個嚴肅的人，沒想到他幽默又健談。他相當歡迎我的到來，還對許耀哲強調他是哥哥，要好好照顧我。

「可是人家又不把我當哥哥。」

聽到許耀哲意興闌珊的回話，我在桌子下偷偷踢他一腳，明明力道不重，他卻故意「哎唷」一聲，引起母親關切。

他掩嘴偷笑，「沒事，我腳抽筋。」

我趁著許叔叔和母親談話時瞪他，用唇語罵：「你很幼稚。」

他小聲地說：「我只是想讓妳放輕鬆，我爸很好相處，妳不必那麼認眞裝乖。」

他臉上的笑容毫無歉意。

我用眼神警告他別再亂說話，繼續低頭用餐。

聽見母親清亮的笑聲，我抬眸，發現母親跟許叔叔放在餐桌上的手是交疊的。

母親跟許叔叔談論工作的話題，許叔叔溫柔回應，還給出建議，說些有趣的話逗她開心。

我的視線停留在這甜蜜的一幕好久好久。

用完晚餐，時間還不算晚，許耀哲表示吃得太飽，想跟我到附近的商圈走走再回去。見我沒異議，大人們也同意了。

許叔叔開車載母親離開前，特意提醒我們別太晚回去。

走在人來人往的行人專區，我開口問：「你是不是有話要跟我說？」聽到他說想跟我在附近走走，我就猜到這個可能。

他卻搖了搖頭，「我只是想讓我爸跟侑芬阿姨有更多時間獨處，畢竟他們很久沒見了。當然，也是想讓妳消消氣。」

「什麼？」

「剛才在餐廳鬧妳之後，妳就變得很沉默，所以我以爲妳氣壞了。難道不是這樣？」

老實說，我早就忘了那幼稚的惡作劇，可當下也無法對他說出眞正的原因。

「我有事要說。」我轉移話題。

許耀哲看著我，敏銳地問：「高海珹找妳了？」

「不是，他沒聯繫我。」我否認。

「眞是奇怪，那傢伙怎麼到現在都沒動靜？」他嘀咕。

我靜靜地看他，「如果學長眞的沒再聯絡我，對你來說算好事吧？畢竟這表示他不再懷疑你，也沒打算從我這裡問出什麼。」

許耀哲眉頭微微擰起，若有所思，「那妳要跟我說什麼事？」

我嚥了嚥口水，「我這個週末想回家一趟，最快明天會徵得媽媽的同意，怕你有不必要的懷疑，先跟你說一聲。」

「妳要去找顏洎霖？」

「對，我想當面跟他說明目前的情況，也想看看我爸、後媽和我妹妹……你放心，我不會把學長的事告訴洎霖。」

「好，那妳回家看看吧。」許耀哲態度爽快，沒有一絲猶疑，「妳跟妳後媽關係好嗎？」

「不錯呀，我們相處得很融洽。」沒想到他會突然這麼問。

「妳妹幾歲？叫什麼名字？」

「她叫雨葵，雨天的『雨』，向日葵的『葵』，今年四歲。我都叫她葵葵。」

「雨葵，這名字不錯，誰取的？」

「我。」

「是喔？爲什麼會取這個名字？」

他一個又一個的提問，看起來是眞心好奇。

我停頓一會，緩緩地說：「我妹出生那天，天空下著太陽雨，我爸爸讓我爲妹妹取名時，我想起那一幕，有了取名的靈感。太陽讓我想到向日葵，向日葵又是我最喜歡的花，所以我就取這個名字。」

「原來如此。妳跟高海珹一樣，都用喜歡的花給妹妹取名。」他唇角上揚。

「學長也是？」

「是啊，那傢伙喜歡康乃馨跟玫瑰，所以給妹妹取名爲『馨玫』。」

我很意外，外表冷冰冰的高海珹，不僅呵護弟弟，對同父異母的妹妹也願意用心對待。

「學長很疼愛他妹妹吧？」

「我也不清楚，那傢伙幾乎沒跟馨玫碰面。」

「爲什麼？」我訝異。

「馨玫的身分敏感，一到高家就被送去給他的姑姑撫養，沒有與父親和哥哥們同住。據我所知，馨玫成爲高家人的這兩年，高海珹一次都沒去看過她。他們家裡，眞正會關心馨玫的人應該只有高叔叔吧。」

「可是，學長對妹妹若漠不關心，又怎麼會爲她取名呢？」我深感納悶。

「所以，我相信高海珹是在乎他妹的，只是因爲他媽媽而不能明顯表現。除了偉杰跟他爸，家族裡沒人知道馨玫的名字是高海珹的意見。」

「那你怎麼會知道？學長告訴你的？」

「不是。當我聽到這個名字，就去和偉杰確認是不是他哥取的。他也很訝異我會知道，我沒有解釋太多，只說我很早就發現高海珹喜歡那兩種花。」

我從他的話中嗅出一絲端倪，「你是刻意避重就輕？學長喜歡康乃馨跟玫瑰，背後莫非另有隱情？」

他坦言，「是有一段悲傷的隱情，但我不忍告訴偉杰，他的心已經傷痕累累，若知道哥哥經歷過的事會更難過。」

「學長經歷過什麼事？」

這句話從我的嘴裡迸出時，我被自己迫切的口吻嚇了一跳。

許耀哲也發現了，目光聚焦在我臉上，「妳很關心高海珹？」

「沒有，我只是有點在意他。」慌亂之中，我不小心說出心聲。

「爲什麼妳會在意他？」

爲了不越描越黑，讓他對我起疑心，我不得不坦白，「因爲學長是泊岳哥生前所仰慕的人，所以聽完你說的這些，再想到學長家裡發生的事，我就覺得他很不容易，忍不住就會多關注他。」

「慢著，妳說顏泊岳仰慕高海珹？」

許耀哲停下腳步，整個人面向我，「他們兩人是認識的關係嗎？」

「他們讀同一所國中，但沒接觸過。泊岳哥曾跟我說，他從國中時期就深深仰慕著一個人，當我在這所學校見到學長，才知道泊岳哥說的是他。」

怕許耀哲不信，我提出更強而有力的證據，「學長使用的美術教室，牆上有一幅城市街景的畫作，我就是看見那幅畫，才發現泊岳哥說的就是他。那幅畫曾經在某間醫院展出，我還幫泊岳哥跟那幅畫照相，那張照片就放在我老家，我可以帶給你看。」

許耀哲靜靜地打量我，「妳先前爲什麼沒告訴我？」

「因爲……這跟小威的事情無關，沒必要特別說出來。」

「所以高海珹認得顏泊岳？」

「嗯，我一說出泊岳哥的名字，學長就知道是誰了。泊岳哥是打從心底欣賞學長，還很遺憾沒能跟他成爲朋友，所以知道學長對他有印象，我也很感動。」

許耀哲默然，半晌才開口：「高海珹知道顏泊岳的心意嗎？」

「知道，我告訴他了。」

「他怎麼說？」

「什麼也沒說，學長的態度始終很冷漠，看不出是怎麼想的。」

「也是。」許耀哲一臉不意外，「妳還有什麼沒讓我知道的嗎？」

我心虛搖頭，「沒有了。」

許耀哲的視線繼續停留在我臉上，最後，他嘆了一口氣，「好吧，雖然這確實跟小威的事無關，但我現在很慶幸聽到這個巧合，終於可以安心了。」

「爲什麼？」

「既然高海珹是顏泊岳憧憬的對象，他還想跟高海珹當朋友，那妳自然不會有傷害他的念頭。我可以這麼想吧？」

我被他問得傻住，訥訥回：「我本來就沒有那種念頭啊。」

許耀哲莞爾，「我知道，我的意思是，在知道顏泊岳的心意後，我才眞正覺得我跟妳的想法是相通的。如果再告訴妳高海城經歷過的事，也許妳會更爲他著想，我想，這對我們的合作有益，妳答應保密，我就告訴妳。」

我的腦袋空白，可我還沒想好怎麼做，身體就先做出反應，情不自禁點了頭。

見我答應，許耀哲告訴我驚人的祕密——

小學五年級時，他親眼目睹高海城遭人綁架。

許耀哲跟高海城是同班同學，彼此的父親還是摯友，但許耀哲對高海城並無好感，而高海城也知道許耀哲不喜歡他，因此兩人鮮少接觸。

平時高海城會跟一年級的弟弟一起回家，可是某天放學只有他一個人。

許耀哲走在他的後方，看見有一台車逼近高海城，隨後，一名身材高大的男子下車將高海城抱進車裡，轎車旋即揚長而去。

這一幕嚇壞許耀哲，他立刻回神，迅速跳上停在路邊的計程車，追著對方到一間民宅。

透過門窗，他看見男人強押高海城至客廳的靈堂前，抬頭一看，一幅年輕女人的遺照掛在那裡。

許耀哲認出女子是在高海城父親身邊工作多年的徐祕書。

徐祕書是個溫柔親切的人，他曾在父親的工作場合見過她，也經常看見她開車接送高海城。

不久前，許耀哲從父親口中得知徐祕書過世的消息。

屋內除了男人，還有一名年輕女子和一對老夫婦，許耀哲當即明白，他們是徐祕書的家人。

男人對高海城咆哮著，說他的父親讓他妹妹懷孕，還逼她墮胎，害她死在手術台上，指控他的父親是殺人凶手，要他替父親向死者賠罪。

男人逐漸失去理智，強逼高海城在徐祕書遺照前下跪磕頭。見狀，許耀哲立刻衝到門口，大喊警察來了，隨後躲在牆後。

男人聞聲跑了出來，許耀哲趁機用力撞開他，衝進屋裡帶著高海城出去，而男子因爲家人的制止，沒有追上去。

那是許耀哲第一次看見高海城的眼淚。

高海城沒有害怕得全身發抖，只是一聲不吭，木著臉，安靜地流淚。

許耀哲以爲他嚇壞了，什麼也不敢問，默默地陪著他回家。

高海城的遭遇，讓我百感交集，難以辨明此刻的心情。

「後來呢？」我問。

「隔天在學校，高海城問我有沒有把這件事說出去。當時的我餘悸猶存，不知道怎麼跟別人說。雖然我跟高海珹平時沒交集，但我跟陳璿的交好他也知道，因此高海珹要我隱瞞，還強調連陳璿都不能說。我不曉得怎麼拒絕，就答應了。」

周遭的街燈，模糊了許耀哲的面孔，也讓他這一刻的笑容顯得有些感傷。

「那件事帶給我不小的陰影。隔天看見高海珹又獨自回家，我非常緊張，跑去問他弟弟在哪？他才說偉杰長水痘請了幾天假。我想擄走高海珹的人，已經埋伏觀察他許久，發現那天高海珹落單，便決定對他出手。高海珹不把這件事告訴大人，也沒讓司機接送，我怕他又會出事，決定跟他一起回家。」

「為什麼學長要選擇沉默？他害怕被大人知道嗎？」

「一開始我也這麼想，但了解他以後才知道他顧慮了很多事。從那時起，他的個性也變得難以捉摸，本來開朗單純的人，變得陰沉寡言。高海珹從沒告訴我他對徐祕書的想法，但他生日那天有一堂美術課，主題是『想要的東西』，高海珹畫了一束漂亮的康乃馨跟玫瑰花，被老師大力稱讚。我問他為何想要花，他說，每年他生日時，有人會送康乃馨跟玫瑰給他。雖然他沒說是誰，但我猜就是徐祕書。那天放學，我帶他去花店，買了一束玫瑰跟康乃馨送給他。」

「真的？」我很意外許耀哲會做出這種舉動。

「呵呵，真的。高海珹看見我送他那束花時，表情彆扭得好笑，還罵我有病，但最後還是收下來了。往後他每年生日，我都會送他同樣的花束。其實，我也沒想到自己會爲那傢伙做這些事，明明曾經那麼討厭他。」

許耀哲此時略帶孩子氣的燦然笑容，讓我目光一度離不開他。

「你當初爲何討厭他？」

「嫉妒啊！那傢伙天資聰穎、才華洋溢，我媽常拿他的成就來要求我，所以我就遷怒到他身上。」

他娓娓道來，「我媽以前是個充滿抱負、事業心強的女性，但嫁給我爸之後，她決定把一切奉獻給家庭，她的世界完全圍繞著我跟爸打轉。我爸不希望她如此，兩人就有了摩擦。在我體悟到這點之前，一直覺得他們分開是因爲侑芬阿姨的介入，是因爲我無法變成高海珹，我媽才會失望離開。想著若沒有侑芬阿姨跟高海珹，我家就不會破碎。我鑽牛角尖怪別人，最後是陳璿讓我停止了這些想法。我媽後來也將她跟我爸之間的問題說給我聽，並向我道歉，我才釋懷。雖然我不再怪高海珹，但也拉不下臉跟他說話，直到那次的綁架事件，我才逐漸跟他拉近距離變成朋友。」

許耀哲注意到我一直目不轉睛盯著他，笑著問：「爲什麼這樣看我？我說了什麼奇怪的話嗎？」

「那、那倒不是，我只是沒想到……你會對我坦白到這個程度。」我結巴。

他笑得更燦爛，「就是啊，我對妳推心置腹，把高海珹的祕密告訴妳，妳應該更能明白我不想讓那傢伙擔心的心情了吧？高海珹是我重要的朋友，既然妳說妳能體會他的不容易，那我拜託妳，請妳幫我一起守護他，別讓他受傷。妳因爲顏泊岳跟那傢伙相遇，我不覺得是偶然，妳有機會完成顏泊岳的願望。」

「什麼意思？」

「在這一年裡，妳可以讓高海珹把妳視爲値得信任的朋友，我覺得妳做得到。」

我傻愣了會，深深皺起眉頭，「你有什麼企圖？」

「爲什麼妳說我有企圖？」他疑惑。

「之前你要求我瞞著學長，現在卻說我可以成爲學長値得信任的朋友，這不是自打嘴巴嗎？你分明只是想利用泊岳哥的遺憾來牽制我，好達成你的目的，根本就不是眞心爲我跟學長著想吧？你這樣說是把我們當傻瓜！」

我的質問讓許耀哲啞然，下一秒，他眞誠改口，「抱歉，是我表達得不夠清楚。我的確是對高海珹說了謊。但對我來說，爲了不讓他擔心，我說了善意的謊，跟我想保護他的想法並不相斥。而且我不是隨便說說，是眞心認爲妳値得信任，也有辦法走進高海珹的心，才對妳開口。」

這下輪到我語塞，內心盡是不解，「爲什麼？」

許耀哲沉思了一會，「可能是看到妳為顏泊岳做到這個地步，感覺妳也會重視他珍視的事物。妳的行為雖然魯莽，但我很欽佩妳的勇氣，也想助妳一臂之力，所以妳若有想親近高海瑊的念頭，我不會阻止，這就是我釋出的最大誠意。不過現在想想，或許我確實另有所圖。我一直覺得那傢伙很辛苦，所以希望可以多一個能讓他安心信賴的朋友。」

我愣住，再也發不出半個音。

這時，許耀哲指著前方不遠處的冰淇淋店，跑了過去，帶了兩份冰淇淋回來，分給我一份。

我們繼續走在街上。我用湯匙挖起一小口冰淇淋放進嘴裡，冰涼甜膩的滋味在舌尖融化，嚥下的滋味卻是苦澀。

「不過現在想想，或許我確實另有所圖。我一直覺得那傢伙很辛苦，所以希望可以多一個能讓他安心信賴的朋友。」

這一刻，我很後悔沒有跟母親和許叔叔一起回去。

我一點都不想聽到這些話。

Chapter 09

隔天，許叔叔沒吃早餐，提前去上班，母親說要載我們去學校。

許耀哲聽見後表示跟同學有約，不搭便車，我直覺認爲，他是爲了讓我跟母親商量週末回家的事，才編出這個謊。

而我也沒有浪費機會，一上車就告訴母親，「我有重要的事要跟妳說。」

母親停頓一下，「什麼事呢？」

「昨天我跟爸通電話，他說我妹妹重感冒，哭著說想找我，所以週末我想回家探望她。」

昨晚，我打電話給父親說週末想回家，父親便告訴我雨葵生病的消息。

這件事讓我找到回家的正當理由，不必捏造謊言。

「所以妳週末要留在那？」母親問。

「對，我想回家睡一晚，週日傍晚前回來，可以嗎？」

「當然可以，媽媽會準備一些伴手禮，妳幫我帶過去吧！」

「好。」

順利得到許可，我鬆了一口氣，「許叔叔才剛回來，我就說要回家，他會不會不高興？」

母親噗哧一笑，「妳多慮了，不會有這種事。」她話鋒一轉，「妳有跟泊霖聯絡嗎？他最近好不好？」

「泊霖……他情緒還是很低落，我們偶爾會聯絡，但聊得並不多。」我刻意讓她以爲我們的摩擦沒有緩和。

「妳很想念泊霖吧？」見我沒回應，母親以爲我默認，「其實媽媽對泊霖感到很抱歉。」

「爲什麼？」

「這種時刻，應該讓妳陪著他，可媽媽心裡又捨不得妳走。剛才妳說有重要的事要說，我以爲妳打算回去泊霖的身邊，我還有很多事沒爲妳做，若妳眞的決定離開，我怕以後就沒有再親近妳的機會了。」

母親的眞心話，讓我陷入沉默。

「媽，我有問題想問妳。」

「什麼問題？」

「妳跟爸離婚的原因，除了許叔叔，還有其他的嗎？」

母親看了我一眼，很快，目光便轉回前方，「爲什麼這麼問？」

「因爲妳和爸從來就沒有對我解釋原因。我在妳離家之後，從奶奶那得知，妳是看上有錢人才狠心背叛爸爸，對此，我深信不疑，但是現在我有了其他的想法。有沒有可能，在遇到許叔叔前，妳跟爸就已經有難以修復的裂痕了呢？」

我從沒想過，有一天我會親口問母親。

我不確定我想聽見什麼答案，只知道，許耀哲的話似乎在不知不覺間影響我，讓我在聽見母親的心聲後生出勇氣，決定觸碰心中的疙瘩。

「過去妳不願理媽媽，就是因爲奶奶的話？」

見我沒否認，母親深呼吸，「謝謝妳願意對媽媽開口。妳已經長大了，只要是妳想知道的事，我都會跟妳說。」她的語氣認眞，聽不出悲喜。

將車子開進下一條街，母親溫聲娓娓道來，「夜紗，妳應該從小就知道，媽媽有多麼熱愛自己的婚紗事業，將它視爲人生的意義，但很可惜，奶奶一直希望我能將身心全部奉獻給家庭。我不願放棄事業，努力兼顧兩者，可惜終究做不到完美。妳七歲那年，妳爸爸因爲公司出問題，忙得不可開交，需要有人專心替他照料好家裡，妳奶奶因此給我更重的壓力。雙方都身心俱疲的情況下，本來一向支持我的丈夫，也無法再堅持，我們起了爭執，關係陷入冰點，不見好轉。那時，我遇見許振，被他吸引，最後也向妳爸爸坦承，兩人協議離婚。」

母親平靜地敘述著過往，「假如我把責任全怪在妳爸爸或奶奶的身上，妳一定不能接受，而我也不打算這樣告訴妳。我無法爲了家庭捨棄事業是事實，我移情別戀，傷害了妳跟妳爸爸也是事實，所以妳奶奶的說法，我也不會辯解。可是，妳一定要相信，我和妳爸爸是經過愼重的考慮，才做了分開的決定，我很感謝妳爸爸的體諒跟成全。我們也是眞心祝福對方，知道他也得到幸福，我比任何人都高興。」

我垂首，視線落在手上，「妳當初有想過帶我走嗎？」

「當然有，媽媽一秒都不想跟妳分離，可是我跟妳爸爸認爲，讓年幼的妳離開朋友到陌生環境未必是好事，而且媽媽工作忙碌，沒把握能妥善照顧妳，再加上奶奶也堅決反對我帶妳走。爲了妳好，媽媽再不捨，還是決定讓妳留在爸爸身邊。」

我停頓了一會，「妳會被許叔叔吸引，是因爲他可以全心支持妳想做的事嗎？」這個問題脫口而出。

昨晚在餐廳，許叔叔牽著母親的手，並且專心傾聽她說話的模樣，一直讓我念念不忘。

他們彼此支持的畫面令我印象深刻，心裡彷彿被什麼觸動，難以移開目光。

「是啊，這當然是原因之一。」母親回答。

「假如有一天，許叔叔也希望妳放棄事業呢？」

「那我們的關係也會結束。我再愛他，也做不到為他放棄自我，要是對方無法接受眞正的我，我們在一起又有什麼意義呢？」

母親鄭重地說：「夜紗，我知道我深深傷了妳的心，也知道我不是個稱職的母親，但我一直有把妳放在心上。同為女人，媽媽眞心希望妳能過得自由自在，別為任何人束縛自我，放棄想走的路。今後妳也會經歷各種困難，遇到陷入迷惘的時候，但只要妳清楚知道自己是誰，堅持信念，就算得不到身邊人的支持，至少有媽媽站在妳這裡，做妳的依靠。」

母親溫柔的話語，深深撼動了我，我感覺到眼眶隱隱發熱。

「妳跟爸爸選擇對我隱瞞這些事，甚至從不讓我看見你們吵架，是因為我還小嗎？」

「是呀！我小時候每天看父母吵架，過得非常痛苦。所以我要求妳爸爸，無論發生什麼事，都不要在妳面前吵架。我們也說好，等到妳懂事，再跟妳說分開的眞正原因。」

「即使本意是為我好，我還是希望你們當時就能告訴我，雖然無法馬上理解，也不至於一直活在對妳的誤解裡，以為妳眞的如奶奶所說的那般虛榮絕情，而不知怎麼面對妳。」

儘管努力克制，這一刻我還是壓抑不住眞實的情緒。

母親沉默了會，語氣滿是眞心與誠意，「妳說得對，是爸爸媽媽做錯了。我們以爲這麼做是爲妳著想，沒有眞正考慮到妳的感受，害妳無所適從，眞的對不起。」

她伸出右手緊緊握著我，「夜紗，今後妳心裡有任何話，媽媽希望妳能毫無保留的對我傾訴，讓我知道妳眞實的想法，好嗎？」

我沒有回答，也沒有掙脫母親溫暖的手，只是默默將頭轉向窗外，不讓她看見我淚眼婆娑的模樣。

第一次對母親說出心裡話，解開長年疙瘩，我卻沒有釋懷的感覺，反而越發沉重難受。

之後，我跟母親都沒有再提起這件事，在家裡我也表現得正常、自然，因此許耀哲跟許叔叔都沒察覺出異狀。

週六，我背著包包出了老家的車站，朝思暮想的人便進入我的視線。

泊霖一發現我，不顧四周人來人往，直接上前給我一個熱情的擁抱。

他臉上堆滿了笑，「歡迎回來，早起搭車很累吧？」

「不會。」我闔眼沉浸在他的溫暖裡，依依不捨離開他的懷抱。

我看了看周遭，發現只有他一人，「蔚雯呢？她不是說會跟你一起來接我？」

「她不想當我們的電燈泡，決定在妳家等妳。張叔叔贊助我車費，讓我們搭計程車回去。走吧！」他牽起我的手，帶我走到計程車招呼站。

一坐上車，泊霖忽然斂起笑容，開口道歉。

「怎麼了？」我納悶。

「明天我沒辦法陪妳了。」他滿臉歉意，「今早我媽接到我外公的電話，我外婆在家裡摔倒，送醫後決定住院。雖然目前無大礙，但我媽還是很擔心，想帶我回台中探病，我不好拒絕，所以拜託我媽延至今天下午再出發……」

得知此消息，我縱然落寞失望，仍體諒地說：「沒關係啦！這也是沒辦法的事。等我們談完正事，你就跟阿姨回台中吧！」

「眞的對不起，妳好不容易才回來的。」

泊霖伸手輕撫我的眼周，「妳的黑眼圈都跑出來了，昨晚沒睡好嗎？還是妳有什麼煩惱？」

忍住對他傾吐一切的衝動，我扯了扯唇角，「一言難盡，等只有我們跟蔚雯，我再跟你們說。」

回到思念已久的家，一身天藍色連身裙、束著包包頭的蔚雯，抱著嬌小的雨葵來應門。

雨葵興高采烈大叫著「姊姊」，撲進我懷裡。

我親吻她粉嫩的臉頰，愛憐地說：「葵葵，好久不見，妳感冒有沒有好一點？」

「葵葵沒事，佳純阿姨說她今早就退燒了。」蔚雯彎起一對細長的眼睛，笑盈盈地回答，「葵葵超期待妳回來，不肯在客廳等，硬是拉著我在玄關等妳。」

「謝謝妳們等我。」我感動地看著她，再度抱緊妹妹。

看到我回家，父親跟後媽也很開心，我們在客廳相談甚歡，聊到吃完中飯、雨葵要睡午覺，對話才結束。

我約泊霖和蔚雯到附近的連鎖咖啡店談話，見我一改開朗面貌，神色黯然，他們立刻察覺不對勁。

「夜紗，妳果然是發生了什麼事。跟許耀哲有關對不對？」

聽到泊霖的提問，蔚雯焦急追問：「妳說許耀哲答應幫妳找小威，之後就不再透露，堅持等回來再說，是不是有什麼進展？」

我點點頭，「對，許耀哲有找出小威的辦法，可是我也碰到更棘手的狀況。」

我花了十五分鐘，詳述我認識高海城的經過、許耀哲和陳璿之間的關係，以及高海城對我下的通牒。過程中，我不忘謹遵許耀哲的要求，隱瞞高海城的身分，用「K學長」來稱呼。

他們被這錯綜複雜的內幕嚇得瞠目結舌，連服務生送上飲品都沒發現。

「這位K學長究竟是何方神聖？怎麼連小威經常出沒的地點，都有辦法查到？」蔚雯滿臉不可思議。

「我不知道，當時我太過震驚，反而忘記問。我不敢在找到小威前得罪他，只要K學長想，他是真的有辦法趕我回來，不讓我再接近許耀哲。」

隨著「尋找小威」的計畫逐漸明朗，盤據在我心上的壓力也一天比一天大。整起事件背後牽連甚廣，我沒有一日能睡得安穩，對陳璿的恐懼，還有對母親跟許耀哲的罪惡感，都令我痛苦不堪。

我的精神狀態也來到極限，我不得不向泊霖跟蔚雯求助。

「K學長說，許耀哲要找到小威，就可能會跟陳璿重逢。因此K學長先替我查出小威的情報，要我在一個月內離開。但我心裡仍希望能等到陳璿叔叔的忌日之後，於是想辦法向K學長多爭取一個月。雖然爭取成功了，然而直到現在，我仍不知道要怎麼做才正確。」

我憂心忡忡看著他們，「如果許耀哲跟陳璿重逢，有可能危害到我媽的家庭，那我該怎麼辦？我想聽聽你們的意見。」

蔚雯想也不想就說：「這很簡單呀！妳只要老實告訴K學長，陳璿兩個月後會出現，既然他有本事查出小威的蹤跡，一定也能阻止許耀哲跟陳璿見面。他知道這件事會感謝妳的。雖然這代表妳必須辜負許耀哲，但現在，妳只能做出取捨。K學長說得對，妳沒必要蹚渾水，妳就向他坦白，然後盡速搬出許耀哲家，這是將傷害降到最低的辦法！」

我的內心激動，紅了眼眶。蔚雯的話，正是目前的我最期盼聽見的。

自從知道找到小威可能帶來的可怕代價，無論我如何絞盡腦汁，都想不出兩全其美的辦法。我不得不認清，要避免高海珹說的事情發生，就只能背叛許耀哲。

這兩人給我的信任和囑託，每天撕扯著我的心，我已經無法再負荷，只想逃離這一切。

心力交瘁的我，此刻下定決心，只要泊霖支持蔚雯的提議，就算會讓母親跟許耀哲失望，我也會馬上搬離那個家。

然而，我遲遲沒等到泊霖點頭。

他的神色無比凝重，支支吾吾，艱難地開口：「我不贊成這麼做。」

聞言，我跟蔚雯傻住。

「爲什麼？難道你不想讓夜紗搬回來？」蔚雯問道，激動的語氣能聽出她的不可置信。

「我當然希望她搬回來，但我怎麼想都覺得K學長太可疑了，怎麼可能憑『小威』這個名字，就查出那麼多線索？如果不是他認識小威，那就是他捏造出一份假資料欺騙夜紗。我很難相信他的話。」

「可是，不管是小威的本名，還是小威身上的鑰匙圖案刺青，K學長提供的證據都跟許耀哲說的特徵吻合，這不就證明K學長沒有說謊？既然這樣，他如何找出線索也就不重要了吧？」

「怎麼會不重要？萬一他跟我哥的事也脫不了關係呢？誰知道他是不是早就知曉小威的特徵，再找一個與他相似的人矇騙我們？K學長是許耀哲的好朋友，當然會想要幫他脫身。要是夜紗照他說的做，最後發現是騙局，以後我們想再尋求許耀哲的協助，就更不可能了！」

蔚雯口氣更加焦急，「所以你要夜紗繼續冒險？你就不怕K學長的推測成真？更何況要是他發現夜紗隱瞞了這麼重要的事，你認爲他會輕易放過夜紗嗎？」

泊霖咬緊下唇，強硬地說：「但也不能因此在這個時候放棄。我覺得K學長說的話很不切實際，在摸清他的底細前，我無法相信他。若夜紗現在回來，恐怕一切都前功盡棄了。」

「前功盡棄又怎麼樣？難道夜紗的人身安全不重要？要是夜紗眞的出事，你也無所謂嗎？你憑什麼讓夜紗繼續爲你犧牲？」

蔚雯的尖銳質問刺傷了泊霖，他的拳頭重重落在桌上，大吼：「就是因爲夜紗已經犧牲到這個地步，我才不想讓她的努力全部白費。妳以爲我願意這麼做嗎？又不是我逼夜紗搬去許耀哲家的，我也不希望事情變成這樣啊！妳根本不明白我的心情，才會義正嚴詞的教訓我，畢竟死的不是妳的家人！」

「泊霖！」我驚喊著制止泊霖。

蔚雯被他吼得臉色刷白，聲音發顫地說：「你這是什麼意思？泊岳哥對我來說如同家人，失去他我一樣痛不欲生、想爲他報仇，但這不代表我贊成用夜紗的安全去換。自從夜紗搬去許耀哲家，我每天都提心吊膽，深怕許耀哲會傷害夜紗。現在K學長都給出警告了，你怎麼還能放心讓夜紗留在那裡？不管K學長是不是在欺騙夜紗，我都相信他的話。兩個月內夜紗不搬回來，我就要對張叔叔說出一切，他一定也會阻止這件事！」

蔚雯撂下狠話，哭著離開咖啡店，我來不及拉住她，只能焦急地看著她離去。

泊霖眼眶泛紅，竭力忍著情緒，「夜紗，妳也認爲我根本就不在乎妳的安危嗎？」

我連忙回：「我當然不會這麼想，但你剛才的話，眞的很傷蔚雯的心，你不該那樣說的。」

泊霖漸漸冷靜下來，「對不起，我不是故意的，我會再跟孫蔚雯道歉。」他的聲音低啞，「夜紗，妳不覺得K學長只是在危言聳聽嗎？」

我一度不知如何回話。

「K學長的名字，連我也不能透露？」

「我……」

我相信泊霖會願意幫我保密，然而，他對高海城的強烈不信任，使我心裡湧起不祥的預感——泊霖極可能會背著我調查高海城，要是他這麼做，被高海城或許耀哲發現，一切就完了。

見我一聲不吭，泊霖眼底浮現的失望很清晰。

「算了，如果妳不說會比較安心，就別說了吧。」

「泊霖，對不起，我是有苦衷的。」我眼眶發燙。

「沒關係啦。」他扯扯唇角，「夜紗，妳住在許耀哲家的這段期間，還有發生什麼事嗎？」

我一時沒理解他話裡的含義，「什麼意思？」

「我……感覺妳有點變了，像是剛才妳說的那些話，讓我覺得妳其實很擔心侑芬阿姨，不像是不在意她。我以為不管侑芬阿姨發生什麼事，妳都不會動搖。」

我愣了一會才找回自己的聲音，「我……我是沒那麼在意她，也曾恨過她，但這不表示我會希望她的家庭破碎，從此陷入不幸呀！」

聽了我的回答，泊霖一愣，趕緊澄清，「當然，我不是這個意思，我是說——」

他硬生生截斷後面的話，焦慮地撐著額，看起來既疲憊又挫敗。

「抱歉，夜紗，我現在說出口的每一個字，都很容易讓人誤會。我們先討論到這裡，等我看完我外婆，再跟妳聯絡好不好？」

我點了點頭，只能先答應他。

泊霖離開後，我打給蔚雯，得知她還在咖啡店附近，便立刻過去找她。

蔚雯坐在超商裡，悶悶不樂。

我轉達泊霖的歉意，再柔聲勸哄她，她才不那麼生氣。

可她依舊不改決心，怕蔚雯真的跑去跟爸爸告狀，我向她承諾，兩個月內一定會搬回來。

晚上，蔚雯來我們家過夜。

雨葵黏著我們玩了兩個小時才累得睡著，被後媽抱回房間。

夜深，我和蔚雯躺在床上聊天，她忽地開口：「夜紗，就妳看來，許耀哲這個人怎麼樣？他眞的可以信任？」

「我覺得……他可以。」我發自肺腑地回。

「那他對妳好嗎？有沒有因爲知道妳接近他的目的，就對妳態度惡劣？」

「沒有，他對我不錯。自從他主動找我把話講開，再以實際行動尋找小威，我對他的成見就漸漸消失了，覺得他其實是個很好的人。」

「眞的？」

「嗯，所以我很怕K學長的推測會成眞，因爲我會覺得，是我害許耀哲跟我媽變得不幸。若不是我，許耀哲或許不會那麼積極尋找陳璿。」

蔚雯輕拍我的肩膀，「我理解妳的恐懼，要頂著這份壓力，實在太痛苦了。這些話妳有告訴顏泊霖嗎？他是怎麼說的？」

爲了不加深蔚雯對泊霖的誤解，我扯謊，「我們談到一半，顏阿姨就打電話過來，所以沒能聊出結果。泊霖說之後會再跟我聯絡。這樣也好，彼此都可以有更多時間思考。」

「好吧。」蔚雯神態嚴肅，「但我醜話說在前頭，假如顏泊霖還是堅持己見，我眞的會對他失望。即使要跟他絕交，我也一定要讓妳回來。」

「什麼絕交？幹麼這麼說啦！」

「我是認眞的，我能理解顏泊霖不願讓害死泊岳哥的凶手逍遙法外，但我就是無法接受，他明知道最壞的情況，還能說出這樣的話。明明保護妳的安全才是首要條件，怎麼會繼續強迫妳呢？我眞的不敢相信顏泊霖會那樣說，覺得他非常自私，完全不爲妳著想！」

我沉默，伸手抱住氣鼓鼓的她。

「對不起啦，我知道妳很爲我擔心，但我肯定泊霖不是眞心想讓我留在那裡，只是不捨我做白工，才不小心說錯話。說不定他冷靜思考後，就會改變心意了。」

見蔚雯仍著苦著臉，我輕捏她的臉頰，「我們好不容易才能像這樣悠閒聊天耶！換個輕鬆的話題吧！最近學校有沒有發生有趣的事？快點說給我聽。」

我軟言催促，並故意搔她癢，蔚雯這才笑著屈服，跟我分享班上發生的趣事。

一小時後，蔚雯睡著了，而我的意識還是很清醒。

「夜紗，妳要記住，找出那些傢伙很重要，但是妳更重要，妳一定要謹愼小心。」

「前功盡棄又怎麼樣？難道夜紗的人身安全不重要？要是夜紗眞的出事，你也無所謂嗎？」

書桌上的手機傳來簡訊聲，我心一跳，立刻下床拿手機。

「妳明天幾點回來？」

是許耀哲傳的訊息。雖然失望，卻也意外他會在這個時間聯繫我。

「下午三點多的車，應該五點前會到。」

「妳搭什麼車？」

「客運。」

「哪邊的客運站？」

我覺得有點奇怪，他爲什麼突然關心這些事情？

「車站附近的客運站。是不是有什麼事？」

「沒事，我爸說等妳回來後，要全家出去吃晚餐。明天見，晚安。」

讀完訊息，我仍一頭霧水，不明白許耀哲究竟有何用意。
再看一眼訊息匣，還是沒有泊霖的訊息。
我失落地回到床上，對著天花板發呆，不記得過了多久才睡去。

ღ

隔天下午兩點，和雨葵跟後媽道別後，爸爸跟蔚雯便送我到客運站。
到了客運站，爸爸先返家，蔚雯留下陪我一起等車。
「夜紗，我有話想跟妳說。」
她慎重地開口：「關於許耀哲跟陳璿的事，我認爲妳不必給自己這麼大的壓力。許耀哲本來就一直在找陳璿，也早就知道他會在兩個月後回家見親戚，這表示即使沒遇見妳，他也有很大的機率會找到陳璿，所以就算K學長說的會成真，也不全是妳害的。」
她挽緊我的手，再次強調，「讓K學長去阻止陳璿吧！我們絕不能把無辜的侑芬阿姨拖下水，我也不忍再看妳夾在許耀哲跟K學長之間痛苦。妳爲泊岳哥做得夠多了，不需要再勉強自己，盡早結束這一切，然後回來吧！」

蔚雯把我的煩惱放在心上，還給我溫暖的建議，我相當感動。

我允諾，「好，我一定盡快處理，不會拖延太久。」

「說好了喔！不可以騙我。」她嘟囔：「妳再不回來，我不擔心死，也要被氣死了。」

「什麼意思？被誰氣死？」我不解地問。

「還會有誰？當然是湯采俐。」

湯采俐是泊霖的同班同學，兩人也是同個社團。

國二時，湯采俐曾向泊霖告白，被拒絕後，兩人仍是好朋友。

即使他們僅是朋友，蔚雯還是很在意她。

我不動聲色地問：「她怎麼了？」

「妳不在的這段時間，我常看到他們一起放學，週末也會約出去玩。」她悶悶不樂地說。

「只有他們兩人嗎？」

「沒有，有其他人在。」

「那就沒關係啦！他們是朋友，一起放學我覺得還好。況且泊霖出去玩都會告訴我，他每次都是跟一票同學同行，從來沒跟湯采俐單獨約過。」我大器地說。

「話是沒錯，但他們已經好幾次一起放學了。就算有其他同學在，我還是覺得很不愉快。在妳轉學前，湯采俐才不會明目張膽這麼做，想也知道是因爲妳不在，她才敢這樣。妳轉學後，有很多人都懷疑妳跟顏泊霖已經分手，雖然顏泊霖有澄清，但誰知道湯采俐怎麼想？我擔心她想趁你們分開時趁虛而入。」

「妳想太多了啦！」我哈哈笑。

蔚雯急得跳腳，「我才沒有，我覺得湯采俐至今還喜歡顏泊霖。就算妳不說我也很清楚，妳搬去許耀哲家，是希望顏泊霖高興。但假如顏泊霖發生了不愉快的事，需要陪伴跟安慰，妳卻不在身邊，不就給了湯采俐機會？妳以前還說過，妳覺得顏泊霖會選擇妳，是因爲『運氣好』，可妳現在讓他們在沒有妳的地方天天相處，難道不會不安？」

我瞬間無言以對，笑意凝結在嘴角。

見我表情變了，蔚雯也放軟了語氣，「夜紗，我眞的不想給妳壓力，更不想讓妳不開心，所以之前都忍著不跟妳說，但現在很多事情都證明妳必須回來。更重要的是，要是妳跟侑芬阿姨變得不幸，就算我們成功幫泊岳哥報仇，也沒有意義。妳明白的吧？」

我看著她，點了點頭，蔚雯這才露出放心的笑容。

爲了不讓氣氛更加沉重，她不再提及此事，開啟另一個話題。

「對了，之前妳跟我說，許耀哲很受女生歡迎，這表示他的外型不差吧？我到現在還不知道他長什麼樣子。」

「還好啦！就普普通通，沒什麼特別的。」我隨口回。

「是喔？那妳昨天說他對妳不錯，是個好人，他有把妳當妹妹嗎？」

我失笑，「當然沒有，要認一個陌生人爲家人，連我都覺得很不容易了。其實，我也不在乎他是否眞心把我當妹妹，只要這段時間能好好相處……」

「我是眞心的。」

乾淨男嗓自身後響起，我跟蔚雯驚愕地同時回頭。

許耀哲的陽光笑顏映入眼簾，我不敢相信自己的眼睛。

蔚雯盯著他，一臉呆愣，「你是……？」

「我是許耀哲。」他眉眼彎彎，「妳是夜紗的朋友？妳叫什麼名字？」

血色從蔚雯臉上褪去，她結結巴巴回：「我、我叫孫蔚雯。」

「蔚雯妳好，我現在和夜紗處得很融洽，絕不會欺負她，妳儘管放心。」他以親和的口吻向她保證。

我猛地回神，一臉慌張，「你怎麼會在這裡？」

「吃晚餐前沒事做，一時興起來這裡晃晃，順便看看會不會遇到妳，還眞的遇到了。」他從容不迫地應答，「我的車在樓下停車場，我載妳回去。」

我沒有拒絕，二話不說就答應他，「嗯，就這麼辦。」

下一秒，我轉頭對蔚雯說：「妳回去吧，到家後我會跟妳說。」

「好，我等妳電話。」

蔚雯忐忑地再看一眼許耀哲，隨後轉身走出客運站，還擔心得頻頻回首。

坐上許耀哲的車子後，我鼓起勇氣開口：「你剛剛一直跟在後面聽我們說話？」

「我不是故意的。剛才一發現妳，我就打算上前去叫妳，卻聽見妳朋友氣噗噗地說顏泊霖跟別的女生走很近，就忍不住聽下去了。」

「眞的？」

「當然。妳爲什麼這麼緊張？難道妳們偷講我的壞話，怕被我聽見？」他高高翹起唇角。

確定是虛驚一場，我如釋重負，渾身癱軟。

若許耀哲再早一步出現，就可能會知道我跟高海珹的祕密，事情也會穿幫。

巨大的驚嚇跟心虛，最後轉變成一股怒氣，我忍不住訓斥，「偷聽別人說話是你的興趣嗎？上次我跟高偉杰的同學在校門口交談，你也是這樣，你這種行爲眞的讓我覺得很不舒服，非常不尊重人。」

「對不起。」

他正經的道歉令我愣住。

「妳們的對話讓我很在意，我才沒馬上打斷，眞的不是存心想偷聽。」

「你在意泊霖跟別的女生走太近？」

他輕哂，「這我也挺好奇的，但我指的是孫蔚雯剛才說的某些話。聽起來像妳如果不盡快搬出我家，妳和侑芬阿姨就會變得不幸。這是什麼意思？她爲什麼這麼說？」

「因爲……」

我手心冒汗，腦袋快速翻轉，謹愼地回答：「我把你會協助我們尋找小威的事告訴她，也說了陳璿的事。蔚雯和我一樣，對陳璿戒備恐懼，擔心你若找到他，可能會帶來麻煩，最壞的情況，就是影響到我跟我媽的人身安全，因此她不希望我繼續找小威，要我搬回去。」

爲了向他解釋，也瞞過高海城的事，我不得不對他說到這個程度，「你生氣了吧？」

「爲什麼妳覺得我會生氣？」

「因為我說陳璿的壞話，還沒經過你的同意，就把你們的關係告訴我朋友。」

許耀哲表情若有所思，沒反應，將車子一路開上國道。

他緩緩開口：「孫蔚雯跟妳從小就認識了？」

「對，她是我最好的朋友，也非常珍視泊岳哥。」

「除了她，妳還跟誰說過陳璿的事？」

「只有她跟泊霖。為了泊岳哥，蔚雯不會到處亂說，我保證。」

「好，我相信妳。」

「眞的？」

「嗯。我要是她，知道陳璿跟小威的關係，可能也會有一樣的擔憂。」他頓了頓，「不過，妳眞的要搬回去了？」

「這……我還不確定，蔚雯怕我會在泊岳哥之後跟著出事，非要我回去不可，不然就要向我爸說出眞相，我只好先答應她。」

「不過就算她不威脅妳，妳也想回去了吧？」

左胸口一震，我竭力不讓他看出我的驚慌。

「為什麼這麼說？」

「既然妳跟孫蔚雯的想法一致，那妳現在會有這種念頭也不奇怪。而且我有發現，妳似乎不希望我跟陳璿重逢，妳也是擔心一旦情況超出預料，會發生波及到侑芬阿姨的壞事吧？妳這陣子話變少，感覺心事重重，我想，妳是認眞在煩惱這件事，也已經到了極限，才決定找顏泊霖跟孫蔚雯商量，對嗎？」

我一時忘記控制表情，直愣愣地盯著他。

「顏泊霖也叫妳回去嗎？」

「他……」我吞吞吐吐，說不出下一句。

「怎麼？他沒有？」

「泊、泊霖他覺得，還不用急著做決定，建議再觀察一下情況……」

「觀察什麼情況？他的意思，不就是要妳繼續等到陳璿出現為止？」

見我沒否認，許耀哲恍然大悟，「我明白了，孫蔚雯要妳回去，但顏泊霖不同意，於是兩人鬧不愉快。顏泊霖因爲在氣頭上，今天才沒來送妳？」

「不是，泊霖的外婆昨天住院，他跟他媽媽去探病，才無法來送我。他不是這麼小心眼的人。」我趕緊爲他澄清。

「但他不希望妳回去是事實吧？你們討論的結果是什麼？」

「還沒有結論，我們沒有太多時間可以談，剛好我們都還需要一點時間思考，所以……」

「眞正需要時間思考的，我看只有顏泊霖吧？」許耀哲一針見血，「妳難道沒告訴他妳想回去？還是妳說了，他仍繼續逼迫妳？」

「他沒逼迫我，是我沒有直接告訴他我想回去。」我一急，眞心話脫口而出。

「妳不直接告訴他，那小子就無法明白嗎？妳不是說你們很了解彼此，即使不講出口也能知道對方的想法，爲何這次他聽不出來？」

我百口莫辯，雙頰滾燙。

許耀哲沒有在狠狠打臉我之後嘲笑我，僅淡淡地說：「妳不生氣嗎？」

「生什麼氣？」

「氣顏泊霖無視妳的不安。在妳不顧危險，爲了找小威四處奔走時，他在安全的地方過得舒適，還跟喜歡過他的女生親近。就算妳現在大發雷霆，或是難過得大哭一場，我都覺得很正常。」

「你別亂說，我才沒這麼想，而且事情才不是你說的那樣！」我的聲音變得高亢激動。

「是嗎？那妳可不可以告訴我，『顏泊霖選擇妳，是因爲運氣好』，這句話是什麼意思？」

我霎時語塞，全身僵硬，沒想到他連這句話都聽進去了。

「哪有什麼意思？你幹麼這麼問？」

「因爲我越想越覺得這句話不對勁，聽起來像是顏泊霖本來有可能跟別人在一起。若這句話沒什麼特別的含義，孫蔚雯何必強調？」

「你不要再隨便亂猜了，爲什麼你要故意說挑撥離間的話？你就這麼希望我跟泊霖產生嫌隙嗎？」我語氣激動。

「所以妳眞的沒生他的氣？」

「沒有，你別再多管閒事，這跟你沒關係！」

「好吧，看來眞正生氣的人只有我。」

滿腔怒火登時消散一半，我一頭霧水，「你在生泊霖的氣？爲什麼？」

許耀哲修長的食指在方向盤上反覆輕敲，「大概是因爲，這段時間妳爲他們兄弟倆的付出我都看在眼裡。明明妳不想跟我們一起生活，卻還是努力在我們面前強顏歡笑，忍受孤單和寂寞。所以知道顏泊霖這麼對妳，我會替妳感到不值。」

他哂笑一聲，「我可能眞的把妳當妹妹了，看見妳被欺負、受到委屈，心裡會不太舒坦，還想替妳教訓顏泊霖。」

我呆若木雞，不曉得該不該將他的話當眞。

這時，許耀哲又落下驚人之語，「雖然我會生氣，但坦白說，我不太意外顏泊霖有這種反應。」

「爲什麼？」我愕然。

「從顏泊霖決定讓妳來到我身邊，我就知道他是我最無法理解的那類人，也因此我反而能精準猜出他的眞實想法。」

他話裡的矛盾，讓我蹙起眉頭，「你可以說得更清楚點嗎？」

「顏泊霖會有的想法，我幾乎不會有。假如妳說，妳不想再找小威，決定搬回去，我只要思考自己絕不會對妳說什麼，就能猜出那小子的回答了。」

理解他的言下之意，我半信半疑，「你的意思是，如果你是泊霖，會同意我回去？」

「就是這樣。我如果是他，別說是同意妳搬過來，連讓妳跟侑芬阿姨聯絡的念頭都不會有。就算妳是自願的，還先斬後奏，我也會阻止妳。」

「可、可是，如果你知道只有這個辦法，才有機會找到小威呢？」

「我還是不會允許。讓自己喜歡的女生去冒險，還能每晚睡得著覺，跟平常一樣生活，我做不到。所以我曾懷疑，顏泊霖究竟是少一根筋，還是只在乎自己。經過這次，我認爲他是後者。這小子很清楚怎麼做能讓妳心甘情願幫他，又不會讓自己被當成壞人，相當狡猾。」

我瞪大雙目，「你說得太難聽吧！你根本就沒跟泊霖相處過，憑什麼批評他？」

「我無需跟他相處，也不用聽他說了些什麼，只要看他做的事，我就能猜出他是怎樣的人。我認爲孫蔚雯才是眞正爲妳著想的人。」

可能是見我面色不佳，許耀哲拋出一個提議，「不然我們來賭。如果顏泊霖眞的有爲妳著想，等他考慮清楚，我相信他會主動叫妳搬回去。若他仍想著復仇，我猜他不會明白告訴妳，還可能故意將選擇權丟給妳，讓妳狠不下心拒絕他，如此一來，妳就只能選擇繼續留下，他也能把責任撇得乾乾淨淨，因爲是妳自願的，所以妳無法理直氣壯地埋怨他。」

「泊霖才不會這樣！」

「我也希望他不會，但建議妳還是做好心理準備。」

我氣到渾身發抖，「你簡直不可理喻，你再汙衊泊霖，我絕不原諒你！」

「我知道妳生氣，但還是希望妳能意識到這點，別被顏泊霖牽著鼻子走。我過去常被身邊的人利用，這種事看多了，所以不難猜出顏泊霖可能使用的伎倆。」

我冷笑譏諷，「是嗎？若你那麼會看人，爲何就偏偏看不出陳璿有問題呢？」

語落，許耀哲的臉上瞬間沒了表情。

「妳的意思是，妳認爲陳璿也在利用我？爲什麼？」

聽到他毫無溫度的話聲，我一秒恢復理智。

太危險了，我竟然因爲過於憤怒，差點做出不可挽回的事。

「我哪知道陳璿到底有沒有利用你？你擺出『我根本不了解泊霖』的態度，我當然也能質疑你並不了解陳璿，畢竟他確實有你不知道的事，不是嗎？」

我緊張到口乾舌燥，情急之下搬出這套說詞。

所幸，許耀哲沒有繼續深掘，也沒有眞的動怒，只是嘆了一口氣。

「妳說的對，當我得知陳璿可能是故意帶著小威不告而別，才發現自己沒有想像中了解他。在此之前，我一直深信自己是離他最近、最懂他的人，反而在他決定跟我保持距離後，我才看清楚他。」

他給了我意味深長的一眼，「正因爲如此，我覺得妳跟顏泊霖可能也是這樣，你們自小就沒分開過，自然會相信對彼此的事無所不知，可當你們之間有了距離，很多過去沒發現的事，就會一一顯露，尤其在面對重大抉擇時，會更容易看見彼此的分歧。」

「這只是你的個人經驗，別套用在我們身上。」我不悅地道。

「那我問妳，這次妳跟顏泊霖談，有料到他會反對妳回去嗎？」

許耀哲輕巧拋出的話，不偏不倚且狠狠刺痛我的心。

我忍住湧上眼眶的熱淚，硬生生將臉轉向車窗。

「你現在跟我說這些，到底是什麼意思？你不也是希望我能留在這裡嗎？還是你其實在說謊？」

「我沒說謊，我是眞心希望妳能陪伴侑芬阿姨久一點，只是現在的情況或許不適合了。」

「爲什麼？」

「因爲我見到陳璿了。」

我大驚，差點從座位上跳起來。

「你見到陳璿了？眞的嗎？」

「我認識的人見到了他。陳璿有個高中同學叫黑熊，昨晚陳璿去他家開的餐廳，兩人還拍了照。我把照片洗出來了，就放在妳前面的置物櫃裡，妳可以看。」

我馬上打開置物櫃，拿出放在裡面的相片袋。

相片袋裡有兩張照片，第一張是兩個男生的合照。看見其中一人的面孔，我整個人凍結，心跳驟然加快。

那張令人印象深刻的溫文笑臉，我一眼就認出是陳璿，而他身旁穿著圍裙的高胖男子，想必就是黑熊。

我穩住心緒，不讓許耀哲發現我的異常，裝傻提問：「陳璿是比較瘦的嗎？」

「對，妳接著看下一張，坐在陳璿左邊的人。」

第二張照片，是陳璿與七名少年少女一同坐在圓餐桌前的畫面。

看清坐在陳璿左手邊、留著平頭的少年，我一驚，還未從震驚中回神，就聽見許耀哲說：「他就是小威。」

我不可能認不出這張臉，然而，我仍裝作是第一次見，「你確定嗎？」

「確定，雖然他身上的刺青被衣服遮住，但我認得他的臉。」

我指尖冰冷，竭力壓抑著情緒。

「為什麼陳璿跟小威會一起出現在這裡？這些人又是誰？」

「似乎是小威的朋友。陳璿很久沒見黑熊了，很想念他，所以特地帶他的『乾弟』過去聚餐。我問黑熊，陳璿的乾弟是誰，黑熊就指著照片裡的小威。」

背脊發涼，我抬眸凝視許耀哲，此刻的他冷靜到令人不安。

「是黑熊告訴你的？」

「對，他知道我很掛念陳璿。陳璿離開餐廳後，他馬上通知我陳璿的消息。黑熊還說，陳璿堅決不肯說出這幾年的下落，以及突然消失的理由，連他現在的聯絡方式都不願透露，存心不想讓我們聯繫上他。」

我用力吞一口唾沫，「那陳璿有問起你的事嗎？」

「沒有，但黑熊有問他要不要跟我聯絡。」

「結果呢？」

「他說沒有這個打算。」

眼前的路段有些塞車，許耀哲放慢車速，與前方車輛保持安全距離，緩緩地將車停下。

我的視線繼續停在他臉上，那句話自動從嘴裡迸出，「你還好嗎？」

許耀哲微愣，扭頭看向我，「什麼？」

我生硬地回答：「我以爲你聽到陳璿這麼說……心裡會難過。」

他一言不發，仍直勾勾地盯著我，我不禁彆扭，「你幹麼這樣盯著我？」

「有點意外。我本來以爲，妳發現錯失見到小威的機會，會覺得失落，沒想到妳是關心我會不會難過。」他唇角翹起。

我尷尬一笑，「那又怎樣？這有什麼？」

「我挺高興的，畢竟這是妳第一次關心我。」他吁口氣，語帶感慨，「眞是可惜，好不容易我們的關係有好一點，妳就得搬回去了。」

「咦？」

他意味深長地看了我一眼，「在確定小威跟陳璿的關係後，妳更不可能相信陳璿是全然無辜的吧？如今我也認爲，他對小威做的事不會不知情。雖然這樣很對不起侑芬阿姨，但我也認爲妳這時候搬走，對妳比較好。」

前方車輛開始移動，許耀哲也繼續行駛。

他接著說：「剛才我會對妳說那些不中聽的話，是希望妳能更重視自己，因爲我很擔心妳又會爲了顏泊霖而勉強。既然妳有勇氣來找我，我希望妳也有同樣的勇氣拒絕顏泊霖。現在的情況已經不容許你們再輕舉妄動了。你們答應現在收手，我保證會給你們一個交代，更不會讓侑芬阿姨遭受牽連。」

我怔忡半晌，訥訥問：「所以你還是會繼續等陳璿出現？」

「當然。」

「但你已經知道他沒打算跟你見面，還是要找到他？」

「對，不管他想不想見我，我都要見到他，這已經不是只有我跟他的事了。當初是我把小威交給他，如今小威不僅變成毒販，還害死顏泊岳，無論如何，我都要弄清事情是怎麼走到這一步，更要釐清陳璿在整個過程中擔任什麼角色。要是妳繼續涉入其中，出了什麼事，我會無顏面對侑芬阿姨，所以希望妳這次能聽我的，也把這些話轉告給顏泊霖，回去原來的地方生活，好嗎？」

腦袋空白的我，許久後才做出反應。

「我知道了。」

許耀哲再吁一口氣，像是放心了，「謝謝，也對不起，因爲我的關係，讓事情走到這個地步。」

他眞摯的道歉，使我心中五味雜陳。

「你是在見過黑熊之後，興起讓我搬回去的念頭嗎？」

「差不多吧。」

我繼續推測，「那你今天會來找我，並不是一時興起吧？你是認爲之後找不到時機單獨跟我說，才問我搭車的時間，好在這時候告訴我，對不對？」

「不太對，若眞是這樣，昨晚我就會說要去接妳了。」

「那……」

見我面露疑惑，一抹笑意重回許耀哲的臉上。

「好吧，老實跟妳說，剛剛在車站，我其實沒打算去找妳，因爲我以爲顏泊霖會送妳。後來發現只有孫蔚雯，才改變主意。那個時候，我還在猶豫是否該讓妳回去，聽完孫蔚雯說的話後，我就下定決心了。若顏泊霖眞的被別的女生搶走，妳一定會很難過。」

「你是因為這個理由才決定讓我回去？」我愕然。

「是啊，但妳的人身安全，還是最主要的原因。」

我心裡的困惑不解反增，「既然你沒打算見我，那你為何要跑來？」

許耀哲靜默須臾，才淡淡地說：「正如妳說，我在見過黑熊後就考慮讓妳離開，煩惱到一半，忽然有個異想天開的想法，要是我能早點看到妳，說不定就會早點有答案，所以我先去客運站等妳。雖然我確實因此下了決定，卻也發現我想來找妳的真正理由，並非我所想的那樣。」

聞言，我全神貫注，「那你來找我的真正理由是什麼？」

「妳想知道？」

「對呀，不然我幹麼問？」

「那妳答應我，聽了別生氣。即使生氣，也別跟我鬧翻。」

雖然沒十足把握，我仍點了點頭，「好。」

許耀哲沒有馬上開口，彷彿在沉澱心情，半分鐘後才出聲。

「上次在家裡，我對妳說了很多關於陳璿的事，那其實是我這三年來，第一次跟別人談起他。可能是因為這樣，當我聽聞陳璿的新消息，不自覺想起了妳，也想早點見到妳。跟妳談完的現在，我確定了一件事，比起讓妳知道目前事態的嚴峻，勸妳打消與小威正面接觸的念頭，我最想做的，是繼續和妳談陳璿。我明知道妳一定打從心底憎惡他，也知道這麼做可能會令妳痛苦，可我還是忍不住想對妳傾吐，因爲如今能聽我說這些話的人，就只有妳了。」

聽見他的心聲，我久久做不出反應。

「你從沒跟學長說嗎？」

許耀哲搖頭，「我對他說不出口。」

我想通了一件事。

儘管許耀哲表現得鎭定，但他的眞心話，讓我感覺他的內心其實相當混亂，甚至有些坐立難安，今天才會做出令人費解的舉動。

剛剛問他是否會因陳璿的刻意疏離而難過，他沒有正面回應，還輕巧轉移話題，此刻看來，就像在掩飾眞實情緒。

許耀哲可以坦然承認自己的憤怒，也可以向我坦承這些想法，卻說不出他很難過的事實，只能藉著跟我談論陳璿來排解情緒。

發現我一直沒說話，許耀哲盯著我，低聲說：「妳生氣了吧？抱歉，果然不該對妳做這種自私的事。在妳離開前，除了必須告知妳的重要消息，我不會再主動對妳提起陳璿了。原諒我吧。」

我闔上眼，沒有回應。

之後的車程，我都沒有再開口說話，任憑心繼續隱隱作痛。

Chapter 10

許耀哲送我回來後，沒有跟著我進屋。

今天他開來的車是他朋友的，他接下來要去還車，請我幫忙隱瞞這件事，於是我沒讓許叔叔跟母親知道是許耀哲開車接我回來的事。

一到家，我先傳簡訊給蔚雯，讓她知道我平安抵達，晚點再聯絡她，然後就跟著母親他們到高級西式餐廳用餐。

餐點都已經送上桌了，還是不見許耀哲的身影。

更奇怪的是，許叔叔和母親神色自若，甚至隻字未提，看似不在意他的缺席。

眼看主餐都要吃完了，我終於按捺不住，開口問坐在我對面的許叔叔：「許耀哲有要來吃飯嗎？」

在許叔叔面前，我都是直呼許耀哲的名字，至今許叔叔都沒要求我改口叫他「哥哥」，相當尊重我。

「耀哲不會來。我們出門前，他聯繫我跟妳媽，說不小心惹妳生氣，不想影響妳吃飯的心情，決定先迴避，還要我們別問妳太多。」

聞言，我一愣，許叔叔笑盈盈地接著說：「我不知道那孩子做錯什麼事，但我相信他有在眞心反省。叔叔已經幫妳念過他，妳原諒耀哲好嗎？」

母親也加入勸說的行列，「是呀，怕妳不開心，我們還眞的不敢在妳面前提起他呢！想不到反而是妳主動提起。妳還生他的氣嗎？」

「沒有，我沒生氣啦。」我澄清，有些難爲情。

「那就好，耀哲下次再犯，妳告訴叔叔，我幫妳教訓他。」

語畢，許叔叔放下手中的餐具，話鋒一轉，「夜紗，妳去過北海道嗎？」

「咦？沒有，我還沒出國過。」

「太好了，我和妳媽媽正在規畫四月連假出遊的事。每年的這時候，我們都會出國走走。今年我們三人一起去北海道度假如何？」

我愣了愣，「三人嗎？」

「是啊。」他們異口同聲，不明所以的表情彷彿沒意識到這句話哪裡有問題。

「那許耀哲呢？」

母親莞爾一笑，「比起跟我們出遊，耀哲更喜歡找朋友，我們不太會問他。今年難得有妳在，我們想帶妳一塊去。」

我遲疑地說：「但……我還不確定到時會不會回家掃墓，可以先讓我想想嗎？」

許叔叔和藹地道：「當然可以，妳就依自己的心意決定就好，不用太勉強。」

「好，謝謝叔叔。」

我們繼續用餐，我以閒聊的口吻轉移話題，「許耀哲都是去找哪些朋友呢？」

「應該都是學校的同學吧。」許叔叔拿起桌上的高腳杯，喝下一口葡萄酒，「我跟耀哲的朋友不熟，他也不太跟我說朋友的事。從以前到現在，他只帶過兩個朋友到家裡，其中一個正好與你們同校。」

某個人的面孔立刻浮上腦中，我順勢問：「是誰？」

「他叫高海珹，跟耀哲一樣大。我和他父親是老朋友，妳在學校見過他吧？」

「有見過一、兩次，但我不認識他。原來他跟許耀哲是朋友。高海珹學長在學校很有名，聽說他不僅頭腦好又擅長畫畫，是個優秀的人。」我從容應答。

「是啊，他各方面都很優秀，尤其是繪畫。我們家客廳裡掛的水彩畫，就是他的作品。」

我意外，「眞的嗎？」

「是啊。三年前，我帶妳媽媽參加他父親公司的宴會，當時我問海珹能不能在妳媽媽生日時送她一幅畫作，他答應了。後來，我跟妳媽都忘了這件事，沒想到他還記得，半年後，妳媽媽生日那天，海珹眞的寄來那幅畫，讓我們非常感動。這孩子不僅貼心，還相當守信。」

母親微笑附和，「沒錯，所以我很喜歡海珹，他是我見過最成熟穩重的孩子。只可惜，他上高中後就不太能來我們家，我已經很久沒見到他了，要是你們也能成爲朋友就太好了。」

「爲什麼學長上高中後，就不太能來？」我敏銳察覺到這段話裡的不對勁。

許叔叔和母親的表情變得微妙，彼此交換了眼神，同時沉默。

他們的反應我盡收眼底。

這時，一名服務生捧著水壺經過，我舉起手，請對方幫我添一杯水，再開口時，對話的主題已經換了。

「除了高海珹學長，另一個會讓許耀哲帶回家的朋友又是誰呀？」

許叔叔深邃的目光停在我臉上，莞爾一笑，「是耀哲的學長，他們小學就認識了。耀哲很崇拜他，還堅持要跟對方讀同一所國中，然而那孩子在耀哲國三時一聲不響搬家，再也沒有跟耀哲聯繫。」

我的心跳增快，一聽就知道那人是誰。

「那個人發生什麼事了嗎？」

「我也不清楚，那孩子是跟他父親一起失蹤的，名字叫陳璿。我跟耀哲的媽媽分開後，他代替我陪伴在耀哲身邊，他們情同手足，所以失去陳璿的消息後，對耀哲的打擊很大，鬱鬱寡歡了好一陣子。」

聽到這裡，我的視線轉向母親，「媽也見過他嗎？」

「見過，他是個溫柔早熟的孩子，我很喜歡他的笑容。他對耀哲的影響很大，從前我和耀哲還很生疏，多虧了他，耀哲才願意接納我。那一年的母親節，耀哲還親手爲我寫了張卡片，所以我很感謝陳璿。他下落不明，我也一直很擔心，特別是耀哲爲他茶飯不思的樣子，更是讓我心疼。」

許叔叔接著說：「陳璿不在，耀哲一定很寂寞，因此上高中後就經常往外頭跑。我知道他有很多朋友，但他沒有正式介紹給我，所以我想，在他心裡陳璿還是最特別的存在吧。不過，耀哲也已經很久沒再提起陳璿，或許他已經走出傷痛了。看他現在好好的，我就不怎麼干涉他，只要他能開開心心的就好。」

許叔叔誠懇的對著我一字一句道：「耀哲是獨生子，對他來說像哥哥的陳璿早就不在了，身邊又突然多出妹妹，難免會不知所措。要是他眞的做出冒犯到妳的事，請妳多多包容。我感覺耀哲挺在乎妳的心情，所以妳有什麼話，可以直接跟他說。他是個明事理的孩子，一定聽得進去。叔叔很希望你們能像眞正的兄妹那樣相處，在有困難的時候互相支持、依靠。」

在許叔叔充滿期許的溫暖視線下，我久久無法回應，只能乖乖點頭。

離開餐廳後，許叔叔和母親打算去看夜景，我不想打擾他們，決定自行返家。

一到家，屋子裡是暗的，許耀哲還沒回來。

打開客廳的燈，牆上那幅玫瑰水彩畫映入眼簾，我忍不住走上前仔細端詳。

這幅畫沒有屬名，畫風也跟我在美術教室看到的那些作品截然不同，因此我沒想過，這幅畫原來也是出自高海城之手。

剛剛談到高海城，許叔叔和母親出現的不尋常反應，讓我不禁懷疑是不是有什麼原因，讓高海城無法跟許叔叔他們表現得太過親近，所以明明他跟許耀哲讀同一所學校，卻無人看過他們互動，甚至校內還流傳著兩人不合的謠言。

呆站了會，我想起要聯絡蔚雯，立刻從包包裡拿出手機，撥出電話。

蔚雯很快就接起，得知我一個人在家，便放心地跟我說話。

「夜紗，顏洎霖剛剛傳簡訊給我。」

我心一跳，「他說什麼？」

「為了昨天的事跟我道歉，但他沒說他打算怎麼做。他聯絡妳了嗎？」

「還沒有。」我抿唇，「對了，妳應該沒告訴他，今天是許耀哲載我回家的吧？」

「當然沒有，我怎麼可能跟他說？但我覺得應該要告訴顏泊霖，如果他今天也在場，一定會馬上叫妳搬回去。」

「爲什麼？」

「這還用問？我才不信顏泊霖親眼見到許耀哲，還能放心讓你們住在一起。」

蔚雯調侃道：「妳居然騙我許耀哲長得普通，他哪裡普通了？今天他出現的時候，我的呼吸差點停止，以爲遇到明星……不對，他甚至比現在的男偶像都好看。有這種男生在妳們學校，難怪女同學會爲之瘋狂。」

「妳太誇張了吧？」我失笑。

「我才沒有，誇張的明明是妳，跟許耀哲這種男生朝夕相處，居然還能無動於衷。妳老實說，妳有沒有心動？」

「妳在胡說什麼啦，我喜歡的是泊霖。我搬來這裡，滿腦子只有小威的事，哪有餘力想這些有的沒的？」我緊張的澄清。

「我開玩笑的啦！我很清楚妳對顏泊霖一心一意。」

蔚雯笑個不停，旋即語帶困惑地說：「不過，今天許耀哲大老遠跑來，我還是覺得有點奇怪。他是專程來找妳的吧？他送妳回去時，有跟妳說什麼嗎？」

「他……有告訴我非常重要的事。」

將許耀哲在車上說的話敘述一遍，蔚雯聽完相當激動，開心不已。

「那樣太好了呀！既然許耀哲要妳搬回來，那就表示不管是他還是K學長，妳都不會得罪。知道許耀哲承諾會給我們交代，相信顏泊霖也不會再有意見了，妳一定要趕快通知他這件事！」

「好。」

通話很快結束了，我拿著手機，坐在沙發上。

發現蔚雯強烈的喜悅沒有感染我，我不得不認清這份心情——我似乎沒有想像中高興。

雖然內心確實輕鬆不少，我卻沒有心安理得的感受，連一點雀躍的情緒都沒有。

明明這是我一直期盼的結果……

我呆坐了一陣，不知時間過去多久，直到手機的來電鈴聲響起才回神。

看到手機螢幕上顯示泊霖的名字，我迅速接起電話。

「夜紗，方便說話嗎？」泊霖問。

「方便，現在家裡只有我在。」我露出笑容，「你從台中回來了嗎？你外婆還好吧？」

「她很好，沒什麼大礙了。但我媽還是決定留在醫院照顧外婆，所以我自己先回家。我還在客運上，就快到家了。」

泊霖停頓一下，「夜紗，關於昨天談的事，我想問妳一個問題。」

「什麼問題？」

「就是……妳是怎麼想的？」他語速緩慢地問：「妳想要搬回來嗎？」

我聽不明白他的意思，吞吞吐吐地回：「這個……現在的情況變得比想像中複雜，而且蔚雯也已經說會告訴我爸，我若想再繼續……」

「我知道，可是假如妳認爲還可以再堅持，只要好好跟孫蔚雯說，她肯定可以理解的吧？」

泊霖急切的口氣中帶著誠懇，「所以現在我想先知道，妳自己的想法是什麼？」

我完全懵住。

這時，一道熟悉的聲音在一片空白的腦袋中迴響——

「如果顏泊霖眞的有爲妳著想，等他考慮清楚，我相信他會主動叫妳搬回去。若他仍只想著復仇，我猜他不會明白告訴妳，還可能故意將選擇權丟給妳，讓妳狠不下心拒絕他。」

暈眩悄悄襲上腦袋，我用冰冷的手握緊手機。

我告訴自己，必須將許耀哲交代的事跟泊霖說，讓他知道我不用再留下來。

然而，嘴巴一張一合，怎麼樣都發不出聲音，彷彿喉嚨被人牢牢掐住。

最後，我聽見自己開口了。

「泊霖，我媽回來了，她在叫我，我先去找她，之後再談好嗎？」

泊霖溫柔地回：「好，那妳有空再聯繫我，不用著急。還有，抱歉今天沒辦法送妳。妳早點休息，晚安。」

通話結束，我放下手機，不敢相信剛才我居然對泊霖撒謊。

在客廳呆坐了半小時，我才回到房間。

十點多，樓下傳來聲響，我走到門邊，俯身貼近門扉聽，是母親跟許叔叔在說話，看來許耀哲依舊還沒回來。

這晚我失眠了，到了半夜兩點都沒有睡意。

我坐起身，抱著膝蓋。此時，隔壁傳來輕輕的關門聲，再來是細微的腳步聲。

聽著腳步聲，我推測著方位，那應該是許耀哲，而且行進的方向並不是洗手間。

我忍不住下床，打開門，透過門縫，正好看見許耀哲走下樓梯的身影。

儘管只有匆匆一瞥，我仍看清楚他身著便服，還穿著外套，一副要出門的樣子。

「妳替我留意許耀哲每天的動向，若他有什麼奇怪的舉動，或是身邊有可疑人物，立刻告訴我。」

想起高海珹的話，我腦中警鈴大作，趕緊跟上許耀哲的腳步，親眼看著他走出家門。

都這麼晚了，他要去哪裡？

拉開窗簾向外看，發現許耀哲往右邊走，我馬上抓起掛在牆上的針織外套套上，穿著拖鞋就匆匆出門。

踏出家門後，他已經消失在漆黑的大街上。

我急著四處張望，一股菸味傳來，我下意識皺起眉頭。

越朝他消失的方向行走，菸味便越發濃烈，最後確定味道是從離我最近的巷子裡飄出來的。

來到那條巷口，我悄悄望過去，有個人獨自站在朦朧街燈下，靠著牆壁靜靜吞雲吐霧。

那人吸一口菸，冷不防地朝我的方向轉頭，我來不及躲藏，就這麼與他四目相交。

他當場被菸嗆到，狂咳不止，手裡的菸枝掉到地上。

他開口說話，聲音卻因爲劇烈咳嗽而變得粗啞，而他蒼白的臉色，證明他被嚇得不輕。

「張夜紗，我差點被妳嚇死。」

許耀哲拍撫胸口，咳到眼睛都紅了，「妳怎麼會在這裡？」

我與他保持距離，鎮定且輕描淡寫地回：「我發現你離開家，好奇你大半夜要去哪，就跟出來了。」

「妳眞的是……」他看著我的眼神帶著無可奈何，「以後別這樣，對心臟很不好。」出口的聲音有些疲軟無力。

「對不起。」

聽見我的道歉，許耀哲臉上露出一絲意外。

「算了，沒關係啦。」

他踩熄落在地上的菸枝，揚起平時慣見的隨和笑容，「妳看到我抽菸，好像不怎麼驚訝。妳會討厭抽菸的人嗎？」

「很討厭，我聞二手菸會頭暈目眩，嚴重時還會想吐。」我說。

「眞的？妳跟侑芬阿姨一樣，她聞二手菸也會不舒服，所以我爸後來就爲她戒菸了。」

他對我眨眨眼，「居然被妳逮到了。可以放我一馬，別跟他們告狀嗎？」

「叔叔不知道你會抽菸？」

「他跟侑芬阿姨都不知道。其實我老爸不會限制我抽菸，只是一定要成年。他性格正直，很守法，若知道我背地裡做這種事，我爸不會輕易饒我的。」

「你還未成年？那你開車載我回來是無照駕駛。」

他一臉大事不妙，「妳放心，我開車技術很好，一直都是安全駕駛。」

對上我懷疑的眼神，許耀哲立刻保證，「我答應妳，下個月生日一過，我立刻去考駕照。別生氣，好嗎？」

原來他下個月就十八歲了，我隨口一問：「你是眞的覺得我生氣，才沒跟我們一起吃晚飯？」

「是啊，聽完我的那些話，感覺妳暫時不會想看到我。其實，現在我見到侑芬阿姨，也會有些過意不去。」

我不發一語，默默移動腳步，與許耀哲並排靠著同一面牆。

即使感覺到他的視線，我也裝作沒發現。

「妳不會覺得不舒服？」

「你菸都熄了，味道也差不多被風吹散了，只要別靠你太近，就聞不到你身上的菸味，所以沒關係。」

不去想他的問話是否有另一種含義，我俯視他腳邊的菸蒂，「你什麼時候開始抽菸？」

「國三，暑假的時候。」

「因爲好奇嗎？」

「不是，我對抽菸其實沒什麼興趣，只是那年的我過得不太愉快，爲了排解情緒，就在朋友的慫恿下接觸。跟朋友絕交的那段時間，我抽得最凶，一天可以抽兩包。隨著日子過去，我鬱悶的心情平復不少，而且每次抽完菸，怕被老爸發現，都要等身上菸味完全消失才能回家，太麻煩就漸漸不再抽了。我已經將近半年沒碰菸，這兩天晚上睡不著，菸癮不知怎的突然來了，才會在半夜溜出來偷抽一根。」

即使他沒說出陳璿，我想，許耀哲當年過得不太愉快，八成是因爲他。而這兩天他會失眠，必然也是因爲陳璿帶來的打擊。

「你跟你朋友爲什麼絕交？」

他輕描淡寫地說：「他是我認識很久的學長，也知道我心情不好的原因。某天，他以帶我解悶的名義約我喝酒，實際上，他欠了債，跟他姊姊設計了一場仙人跳打算勒索我，結果沒得逞。那件事之後，我就沒再見過他了。」

我不敢相信自己的耳朵，「這太誇張了吧？」

「是啊，那兩年發生過不少類似的事，被利用是家常便飯。主要還是我識人不清，不懂得謹慎交友。後來，我和那些人切割了，這兩年幾乎沒再吃過同樣的虧。」

我停頓須臾，「不過，你現在還是有很多朋友吧？」

「是啊，但就是玩樂時才湊在一塊，不太深入交流。這樣的關係對我來說比較輕鬆，沒什麼負擔。」

「學長也是嗎？」

他噗哧一笑，「他當然是例外，妳怎麼會把他跟那些人相提並論？高海瑊是我最後的避風港，要是連他都做出對不起我的事，這世上就眞的沒人能相信了。然而矛盾的是，他是我最信任的人，我卻不是什麼都能對他說。」

反芻著這句話，我問：「你矛盾的地方不只這一個吧？」

「什麼意思？」他好奇地望向我。

「你無法向學長傾訴陳璿的事，卻能對我這麼做，那我在你眼中究竟算哪種人？就算我們是家人，老實說，也不過才認識一個多月，彼此的關係比陌生人還熟悉一點，根本遠遠不到能讓你這麼做的程度。若你眞的有所警惕，不想再被身邊的人利用，就不該讓我知道這些。你不擔心我有天會拿你的弱點反咬你一口？」

此話脫口而出，我愣了一下，雙頰越來越燙。

許耀哲沉默了會，若有所思地說：「妳問了個好問題，我會認眞思考答案，希望能在妳搬回去之前回答妳。」

他接著問：「顏泊霖給妳答覆了嗎？」

「還沒。」我希望自己的聲音聽起來自然。

許耀哲輕輕嘆口氣，「欸，我們不是有打賭嗎？我賭顏泊霖還是不會贊成妳搬回去。假如我賭贏了，妳答應我一件事，如何？」

我肩膀繃緊，「什麼事？」

「別因爲害怕顏泊霖會對妳難過失望，就不敢對他說出眞心話。要是最後妳還是狠不下心拒絕他，就告訴他，是我威脅妳離開的。」

聞言，我眼角抽動，來自鼻腔的酸楚，使我的眼眶逐漸溼潤。

「如果是我賭贏了呢？」

「那我也可以答應妳一件事。」

他走近我，輕拍我的肩膀，「好了，太晚了，妳再站在這裡吹風會著涼，快回去睡覺，我還要去超商一趟。」

許耀哲越過我走出巷子，身影很快就消失在黑夜裡。

「若你眞的有所警惕，不想再被身邊的人利用，就不該讓我知道這些。你不擔心我有天會拿你的弱點反咬你一口？」

我不曾像現在這樣，因爲自己的虛僞而感到羞恥。

已經欺騙許耀哲無數次，也利用他無數次，我到底憑什麼對他說這種話？

如果我只能說出這些令人作嘔的可笑虛言，不如什麼都別說。

倘若我還沒有將許耀哲放在心上，一定不會如此良心不安。

他跟高海珹是對的，我確實不該來到這裡，更不能繼續留在這裡。

然而，許耀哲明明已如此爲我著想，還給了我臨陣退縮也絕不會被責怪的理由，我還是被困在原地。

只要將許耀哲的話一字不漏地轉述給泊霖，我就能從這個惡夢解脫，但我遲遲無法這麼做。

於是我終於明白，我停滯不前，不只是因為害怕泊霖會對我失望。

ღ

「夜紗。」

之軒的呼喚聲，讓我從臂彎裡抬起頭。

她身著運動服，額上還流著汗，我才想起現在是體育課。

今天我們和隔壁班的學生一起打籃球，趁著老師暫時離開，幾個女同學在球場旁悠閒聊天，我也坐在一旁想事情。

「什麼事？」

「妳要不要也來打一場？活動筋骨說不定會讓妳的心情變好。」可能是看我一上午都無精打采，之軒向我提議。

「好啊。」用力抹了抹臉，我懶洋洋地站起身，「目前比數多少？」

「落後二十一分，超慘的，隔壁班的實力太強了。」她沮喪。

比賽重新開始。

之軒一接到球，就傳給站在附近的我。

似乎認爲勝券在握，敵隊的防守明顯鬆散。她們逼近我，我敏捷地攻破三名對手的防守，一口氣奔至籃下，精準投籃，令對方措手不及。

見我連續投進三顆球，隊友們激動到齊聲歡呼，並想盡辦法將球傳給我，讓我來奪分。原本班上低落的士氣漸漸提升。

隨著雙方比數越拉越近，場外聚集更多人，連在隔壁場地打球的男生也跑過來看，熱鬧的打氣聲不絕於耳。

我沒注意他們在喊什麼，一心追逐著籃球，想再投籃得分，彷彿這麼做，就能暫時忘卻那些令我痛苦的事。

比賽在我成功投進一顆三分球後宣告結束。

我們以一分之差險勝，精采的逆轉勝令全場爲之沸騰，掌聲不斷。

隊友們撲向精疲力竭的我，抱著我又叫又跳，只差沒把我抬起來往空中拋。

雖然我不在乎這場比賽的勝負，但大家濃烈的喜悅還是感染了我，我也不自覺跟著她們露出笑容。

然而，我心酸地發現，居然想不起自己上次這樣笑得無憂無慮是什麼時候。

等我把一切告訴泊霖，回到原來的生活，就可以再次微笑了嗎？

回教室的途中，幾個跟我交情不錯的女同學，還沉浸在勝利的喜悅裡，雀躍地向我問個不停。

「我都不知道夜紗妳這麼會打球，莫非妳在上一個學校是籃球隊？」

「不是。但我國中有段時間常跟鄰居一塊打球，我打球的技巧大多是跟對方學的。」我解釋。

「是喔？那他一定很厲害。」

「嗯，他曾是高中籃球校隊的王牌隊員。」

她們面露驚豔，要求我分享更多，我便娓娓道來——

那人從前住在我家隔壁巷，年長我五歲，身高將近一百九十公分，因此有著「巨人」的綽號，是位幽默直爽的大哥哥，也是泊岳哥崇拜的對象。

國一那年，泊霖告訴我，泊岳哥瞞著他跟巨人哥哥學打球，兩人會到附近的球場練習，已經持續一個多月，是顏阿姨不小心說溜嘴，這件事才被發現。

儘管泊岳哥解釋，他只是不好意思告訴我們，泊霖還是大鬧脾氣，爲了安撫他，泊岳哥花了不少時間。

愛黏著哥哥的泊霖，後來也拉著我跟巨人哥哥學打球。

那是一段令人懷念的愉快時光。

泊霖的運動神經本來就好，加上學習力佳，認眞學一天，就打得有模有樣，跟泊岳哥一對一鬥牛更是不曾輸過。

巨人哥哥稱讚泊霖跟我領悟力高，有打球的天分，鼓勵我們繼續打下去。

可惜巨人哥哥到別的城市讀大學，泊岳哥也將重心完全放在課業上，我們就越來越少打球了。

聽完我的敘述，一個叫沐沐的女同學，冷不防地問：「妳那位哥哥眞的沒有再跟你們打球了？」

「對呀，不管我們怎麼說服他，他就是不肯再跟我們去球場。大概是巨人哥哥離開後，他就對籃球失去興趣了。」

注意到沐沐微妙的神情，我看著她，「怎麼了嗎？」

「哦……我只是在想，妳哥哥之所以不再上球場，說不定有其他原因。畢竟如果是我，大概也不會想再跟你們一起打球了。」她揚起不好意思的笑容。

這個回答超出我的意料，我微愣，「爲什麼？」

「因爲我有一對雙胞胎弟妹，他們就跟妳一樣，不僅領悟力高，學什麼都很快又很好。所以我想，妳哥哥可能跟我有同樣的心情，發現自己認眞學習一個月的事物，竟比不過才學了一天的弟弟妹妹，那種打擊很大，就算本來有興趣的事物，遲早也會被挫敗感消磨掉熱忱。」

她頓了一下，「看到身邊的人比自己有天分、進步得快，不可能不嫉妒的。我甚至想過，我再怎麼努力也沒用，不如乾脆放棄，這麼一來，我就不用再因爲覺得自己不如我弟妹而繼續受傷。」

沐沐吐露的心聲，讓我一陣呆滯。

「妳眞的會這麼想嗎？」

「會呀！明知我弟妹沒做錯什麼，但有一段時間，我只要看到他們就會很痛苦，一心想遠離他們，更希望他們消失。後來，我找輔導老師訴苦，他耐心開導我，我才慢慢走出這種心情，不再那麼討厭我弟妹。我身爲姊姊，居然這個樣子，很過分吧？」

「不會啦，我可以理解。」之軒安慰著她，其他女生也紛紛點頭，眼中有著憐憫。

回教室後，沐沐說的每個字，使我陷入沉思。

我想起泊岳哥徹底疏遠我跟泊霖，連一個溫暖眼神都不願再給我們的冷漠模樣，心中的不安無法停止擴散。我雙唇微顫，連指尖也變得冰冷……

「夜紗！」

從合作社回來的之軒，興奮地跑到我面前，「我跟妳說，我在合作社遇到許耀哲。他知道妳剛剛在球場上的表現，要我把這些拿給妳。」

她將一包洋芋片、巧克力球和一瓶冰涼的運動飲料擺在我桌上。

我面露愕然，「這眞的是他給我的？」

「對呀，他知道我常跟妳在一起，主動跟我搭話。我告訴他，妳今天的精神不太好，他就一口氣買下這些零食，說要給妳補充體力。他眞的對妳很好耶，眞羨慕！」

我望著桌上的零食，眼角輕輕抽搐，一度難辨心中滋味。

「妳幹麼那樣跟他說？」

「我不是故意的。他突然跟我說話，我太緊張，才不小心說溜嘴。」她吐吐舌，眼球轉了轉，觀察我的表情，「怎麼啦？感覺妳又沒什麼精神了，是不是比賽害妳體力不支？那妳快吃這些點心，先吃巧克力。」

「沒關係，我還不餓。」收起那些零食進抽屜，我訥訥開口：「之軒，關於沐沐她弟妹的事……剛才妳說妳能理解，那麼在妳眼中，我也是像她弟妹那樣的人嗎？」

之軒想了想，「差不多吧！妳不僅功課好、會運動，長得也可愛，各方面都可圈可點，會被妒忌也很正常。但因爲許耀哲，所以我頂多只會羨慕妳，不會嫉妒。」

「爲什麼？」

「因爲許耀哲對我來說，是跟普通人不同等級的存在。自從知道你們是兄妹，妳對我來說跟他就是同一類人，所以反而不太會對妳產生嫉妒的情緒。」

笑嘻嘻的之軒，表情忽地變得嚴肅，「不過其他人就未必跟我一樣了。據我所知，學校裡還是有不少女生在嫉妒妳，所以妳要當心暗戀許耀哲的那些人，也許會有瘋狂粉絲對妳動不好的念頭。」

「不會啦，妳想多了。」

之軒還想再勸些什麼，鐘聲就響了，我順勢結束這個話題。

白天的課就在沉重的心情中度過。

午休前，我去了一趟洗手間，在洗手台前巧遇琪琪學姊。

她對著鏡子擦唇蜜，告訴我，我在球場上扭轉賽局的事也傳到她們班。她面帶微笑讚美我，突然「啊」了一聲，似乎是想到了什麼。

「我問妳，我們初次見面的時候，妳不是有問我，知不知道名叫小威的人？」

我定格了一下，「是呀，怎麼了？」

「昨晚我陪我男友參加一場聚會，發現現場有一個男生叫小威，不曉得會不會是妳找的人。」

聞言，我愣了一下。我想，小威這個綽號應該不算稀有，很可能只是湊巧。

「是喔？他的本名是什麼？」我轉開水龍頭洗手。

「我不知道，他身邊的人都叫他小威。」她聳聳肩。

「那他身上有沒有什麼特徵？比如刺青之類的。」

琪琪學姊扭頭看向我，咧嘴一笑，「還眞的有，他的脖子跟手臂，有鑰匙圖案的刺青，挺特別的。」

四周的聲音彷彿全被抽走，耳邊只剩下我的心跳聲。

當我回過神，身體早已自動地把琪琪學姊拽去人煙稀少的區域。

確定她口中形容的小威跟我記憶中的人幾乎吻合，我失去了冷靜。

「學姊，爲什麼妳跟劉國元學長去的聚會有小威在？難道學長跟他是朋友？」

「不是啦，昨天我們是第一次見到他。我男友的朋友，經營一間電子遊戲場，昨天遊戲場開幕，我男友受邀去玩。我不知道小威是被老闆邀請，還是跟我一樣，只是陪受邀者一塊去的。」

「那……」我緊張到話聲不穩，「小威的身邊，有沒有一位相貌斯文，笑容特別好看的男生？」

她認眞回想，篤定地搖頭，「我沒印象有這樣的人。」

儘管琪琪學姊對陳璿沒有印象，但也不能百分之百肯定陳璿沒有跟小威在一起。

「你們有跟小威接觸嗎？」

「沒有，昨天人很多，我們也沒有待很久，根本沒機會接觸。而且我是在離開之後才想起妳跟我說過的話，已經來不及幫妳確認了。」

大概是我現在的臉色過於可怕，琪琪學姊好奇地問，「妳到底是怎麼了，爲什麼這麼激動？難道這個人眞的是妳說的那位，也是許耀哲認識的人？」

我慌張搖頭，「沒有，我搞錯了。我以爲許耀哲認識他，實際上不是，他們一點關係也沒有！」

我加重抓著她的力道，「學姊，妳可不可以幫我找劉國元學長過來？我有重要的事請他幫忙。」

禁不住我的苦苦哀求，琪琪學姊同意幫我聯繫對方。

十分鐘後，劉國元來找我們。

我告訴他，出於某個不得已的原因，我需要偷偷打聽小威，希望他能向那位友人確認，小威是不是他邀請的。

看在琪琪學姊的面子上，劉國元答應幫忙，也允諾不讓別人知道我在找這個人。

我不曉得自己是怎麼度過這一天。

怎樣也沒想到，我竟會從琪琪學姊身上獲得小威的消息。

跟之軒在校門口道別後，我心神不寧地走向公車站，這時，左肩被輕點兩下。

一回頭，我對上熟悉的眼睛，心跳陡然漏跳一拍。

「東西吃了嗎？」許耀哲問我。

我過五秒才明白他在說什麼，驚覺他送的零食還原封不動地放在課桌抽屜裡，被我徹底遺忘。

「吃了，謝謝。」我心虛地說：「你沒必要破費。」

「幹麼客氣？我買好吃的點心慰勞努力贏球的妹妹，這沒什麼吧？我朋友錄下妳比賽的樣子給我看，在失分那麼多的情況下，妳能讓團隊反敗爲勝，眞不簡單。聽到別人誇獎妳，身爲哥哥的我也覺得與有榮焉。」

他不帶掩飾的讚美令我害臊。

「你太誇張了，是大家一起贏球，又不是我一個人的功勞。」

「話是沒錯，但聽說是妳上場後，情況才出現轉機。不用謙虛，大方接受別人的讚美吧。妳做得很好唷！」

他冷不防伸手摸摸我的頭，這一刻，我竟有些恍惚，他溫柔的舉動，讓我想起了泊岳哥。

耳邊傳來許耀哲的輕笑聲，我納悶地問：「你在笑什麼？」

「我發現，妳聽到我自稱『哥哥』，好像不會生氣了。之前妳都會馬上說沒把我當哥哥，也不准我叫妳妹妹。」

我啞然，生硬地辯解，「我只是一時忘記。」

「是嗎？那我不介意妳繼續忘下去。」

我翻了個白眼，見狀，許耀哲彎起眼角，笑得燦爛。

經過販售紅豆餅的攤販，許耀哲上前買了兩份，將一份放在我手中。

看著手裡熱騰騰的紅豆餅，這畫面似曾相識，我想起他上次買冰淇淋時，也是沒問我便直接買下兩份。

這舉動彷彿對他而言，將我納進考慮是件理所當然、再自然不過的事。

這一刻，我才眞正確定，他眞心把我當妹妹的這句話不是謊言。

「妳不喜歡紅豆餅嗎？」發現我遲遲未開動，他好奇地問。

「我只是在想，你再送食物給我，我就要變成胖子了。」我嘀咕。

「沒關係啊！我不介意有一個胖嘟嘟的妹妹。」

我不客氣掄起拳頭朝他身上揮去，他撫著挨打的手臂，發出嘹亮的笑聲。

這天，許耀哲沒有像平常一樣與朋友一起放學，也沒有自己跑出去玩，而是來到我身邊。

即使他沒說出原因，我也猜得到，這跟之軒對他說的話有關。

看著他一連串的行動，我突然有種直覺，撞見許耀哲抽菸的那個深夜，他早已看出我說謊，騙他泊霖還沒給我答覆。

但他不揭穿我，還說我可以告訴泊霖是他在威脅我，以減輕我的心理負擔。

今天許耀哲讓之軒送來的豐盛零食，以及現在不停開我玩笑的舉動，我想，其實也都是爲了安慰我、鼓勵我。

因此，儘管我還不確定要怎麼做，但已經確定了一件事——

要將這樣的人推落深淵，我做不到。

Chapter 11

隔天，早自習結束，琪琪學姊到班上找我。

我們到走廊談話。她說，劉國元已經聯繫遊戲場的老闆，對方表示小威是被一位叫江江的人帶到店裡。

江江是老闆的朋友，當天有介紹小威給他認識，因此老闆對小威有印象。

我聲音略略顫抖，「劉學長認識江江嗎？」

她搖頭，「老闆的朋友非常多，不可能每一個他都認識。」

若想見到小威，現下最快的方式是直接找上江江。

琪琪學姊像是猜到我的心思，補充道：「我男友還有問到一件事。這週五是江江的生日，聽說他約老闆那天晚上去唱歌。既然江江跟小威是朋友，那小威應該也會去吧？若妳想找他，我可以告訴妳他們會去哪間ＫＴＶ。」

我瞪大雙目，「眞的嗎？」

「嗯，老闆有在市區經營ＫＴＶ的朋友，我去過那裡幾次。我男友說，他們只要有唱歌的聚會，都是約在那裡，所以我想這次也一樣。」

從琪琪學姊口中得知KTV的位置後，我心情激動，「謝謝學姊，也請妳幫我謝謝學長！」

「不用客氣啦！但我覺得很奇怪，爲何這件事要偷偷進行，不能讓小威知道有人在打聽他？明明只要我男友請老闆幫忙聯繫，妳就能更快見到小威。難道背後有什麼隱情？妳跟小威究竟是什麼關係？」

看著琪琪學姊疑惑的眼神，我內心掙扎。

琪琪學姊跟劉國元說不定會因爲遊戲場老闆的關係認識小威，我想，應該要讓他們知道小威做過的事，才能保護他們，避免更多憾事發生。

於是，我將琪琪學姊拉去無人的角落，輕聲開口：「學姊，我現在跟妳說的事，妳只能透露給妳男友，不能讓其他人知道。」

她頷首答應，「好。」

我沒讓她知道一切，僅簡單以「我朋友的親人吸食小威提供的毒品不幸過世」帶過。

琪琪學姊表情驚愕，「眞的假的？」

「千眞萬確，所以妳跟學長絕不能跟小威有任何瓜葛，他是非常危險的人，要離他遠一點，明白嗎？」

「好，明白了。」敏銳的她接著問：「既然如此，妳當初爲什麼會問小威的事，現在還想打聽他？妳該不會眞的要去見他吧？」

「當然沒有。我轉學過來後，有聽到小威就讀這所學校的傳聞，幸好那不是事實。沒想到昨天又從妳口中聽聞他的消息，我才想知道他的下落，以免哪天不小心碰到他。知道小威涉毒，還害死了別人，我躲他都來不及，怎麼可能會想見他？」我面不改色說著謊。

琪琪學姊看了看我，才放心地回：「那就好。」

晚上，我坐在書桌前思考，最後下定了決心。

知道小威近在咫尺，縱使內心恐懼，也清楚危險性，我還是希望能見他一面，將想說的話告訴他。

雖然曾經考慮對高海城坦白小威可能會出現在ＫＴＶ的事，但在我搬出這個家之前，我不認爲他會同意我去見小威，甚至還可能會使出強硬的手段阻止我。

所以，這次小威出現的消息，我不會告訴高海城。爲了不讓高海城的可怕預測成眞，我也選擇隱瞞許耀哲。

要將傷害減到最低，不讓這兩人因爲我跟小威之間的私怨走向決裂，就只剩下這條路。

週五，只要我真的見到小威，我就會將陳璿兩個月後會回來的事告訴高海珹，由他阻止悲劇發生。

在這之後，我也會搬離許耀哲的家，回歸原來的生活。

做下決定後，我深深呼吸，拿起手機撥出泊霖的電話。

ღ

週五，母親沒加班，全家人一起在家吃晚餐。

吃飽後，我告訴母親跟許叔叔，昨天爲了準備考試熬夜，因此等等洗完澡後就要回房睡覺。他們不疑有他，承諾不會吵我休息，連碗筷都不讓我收拾，就催促我去洗澡。

洗完澡走出浴室，我在回房的途中遇到許耀哲，他端著一盤麝香葡萄，想帶進他房間享用。

「洗好了？我還在想妳會不會因爲精神不濟，在浴室裡滑倒。」他勾起唇角，又開我玩笑。

「謝謝你的關心。」我白了他一眼，打量著他，「你今晚有要出去找朋友？」

「沒有，我要在家裡打電動。」他遞過那盤葡萄，「要吃嗎？侑芬阿姨買的，很好吃。」

「不用了，我不——」還未說完，之後的話語就被堵住。

他將一顆麝香葡萄塞進我嘴裡，「好吃吧？」他眼底含笑。

我摀著嘴，默默咀嚼嘴裡的香甜葡萄，不知該說什麼。

「我有幫妳留一盤在冰箱裡，妳明天可以吃。先去睡吧，晚安。」

語落，許耀哲就走進自己的房間，我望著他緊閉的門扉片刻，才旋身回房。

晚上十點，我輕輕打開房門，觀察外頭的動靜。

浴室裡傳來水聲，這個時間點，應該是母親或許叔叔在洗澡。

來到樓梯口，一樓客廳的燈已經暗下，沒有半點人聲。

確定大家都不在一樓，我把握機會，輕手輕腳地出門。

二十分鐘後，我抵達位於市區的一間超商，有個男生坐在落地窗前，專注地盯著對面的大樓。

「泊霖！」

聽見我的呼喚，泊霖立刻轉頭看向我，露出笑容。

我坐到他身旁，「抱歉，讓你等到現在。」

「不會啦，妳要瞞著許耀哲他們偷溜出來比較辛苦，我以爲妳會更晚到。他們都沒發現吧？」

「嗯，知道我在睡覺，我媽就不會進到我房間，應該沒問題。」

「那就好。」他的目光轉回對街的ＫＴＶ，神情變得嚴肅，「我從八點就坐在這裡，還沒發現小威，說不定他在更早以前就進去了。」

那晚我聯絡泊霖，將小威可能出現在這間ＫＴＶ的消息告訴他，他決定一放學就坐車趕來。

其實，透過琪琪學姊就能確定今晚小威是不是眞的會赴約出席，但這樣她必定會起疑，於是我打消這個念頭，決定賭一次。

爲了讓泊霖一見到小威就能認出他，前幾天我以「想再看一次小威的長相」爲由，請許耀哲再讓我看一次小威跟陳璿的合照。我再趁他不注意，偷偷用相機翻拍，截出小威的部分傳給泊霖。

「泊霖，見到小威後，你打算怎麼做？」我問他。

「我要他親口承認，就是他把毒品提供給我哥，就算無法順利讓他坐牢，我也要他下跪，讓他爲害死我哥的事道歉。」他咬牙切齒。

「那要是小威今天沒出現……」

他堅定地打斷，「不，我有預感他會出現。我已經做好準備，只要能逮到他，要我等到天亮都可以。」

泊霖緊緊牽住我的手，用有些激動的嗓音對我說：「夜紗，託妳的福，我總算可以替我哥報仇。只要讓小威受到懲罰，我哥一定也會感激妳！」

我凝望泊霖的側臉，心中一片忐忑與沉重。

不知不覺，幾個小時又過去了。

凌晨一點，出現在對街的身影，讓疲態的我驟然清醒。

平頭男孩背著黑色單肩包，穿著軍綠色外套，一邊抽著菸，一邊從KTV門口緩步走到馬路邊，低頭講著手機。

儘管視線昏暗，我仍一秒認出那張早被我刻進腦海裡的立體五官。

我的呼吸變得急促，心跳加快。

這時，泊霖從洗手間回來，我抓住他的手，緊張地喊：「泊霖，小威出現了，就是穿軍綠色外套的那個人！」

泊霖立刻隨著我指的方向看，下一秒，他衝出超商，大吼：「羅靖威！」

聽見這聲叫喊，對方掛了電話，抬眸望向我們。

我們穿越馬路，站到他眼前，這一刻，我清楚地看見他頸部那塊再熟悉不過的鑰匙圖案刺青。

小威用黑白分明的大眼睛打量我們，「你們是誰？」

「我叫顏泊霖，顏泊岳的弟弟。你知道顏泊岳吧？」泊霖咬牙道，看著他的眼神恨意一片，「把毒咖啡包提供給我哥，害我哥染上毒癮的人，是你對不對？」

面對他的質問，小威沒反應，更專注地盯著我們。

「為什麼不回答？你不敢承認嗎？你知不知道我哥已經死了？」

「知道啊，所以呢？」他面不改色，無動於衷。

泊霖忍無可忍，扯住他的衣領破口大罵：「你這個殺人凶手，害死了我哥，居然還能若無其事。你為什麼要對我哥那麼做？你不給出一個交代，我絕不放過你！」

「小威，怎麼了？有麻煩嗎？」

兩個男人站在KTV門口，騷動引起了他們的注意，視線投向我們。

沒想到小威的同伴就在附近，我腦中警鈴大作，趕緊抓住泊霖的手，深怕招來更大的危險。

「沒事啦，認識的人。」小威回應他們。

他唇角浮現不懷好意的微笑，「是你哥告訴你，我提供毒咖啡包給他？」

「別人告訴我的，對方親口證實是你。你休想賴帳，你這陰險小人。我哥跟你有什麼仇？你非要陷害他，騙他喝下有毒的咖啡包？」

「喔，原來你是這麼認爲的。」小威撇撇嘴角，「假如你所言正確，顏泊岳幹麼不直接說是我害他？你是他弟弟，難道他不會跟你說？」

泊霖面色僵硬，眼底充滿悲憤，「我哥本來什麼事都會跟我說，但他染毒後就變了。不管我們怎麼問，他就是不肯供出你，一定是你做了什麼事蠱惑、威脅我哥，他會不再理我，八成也是你害的！」

小威當場噗哧一聲，笑得停不下來。

泊霖氣得大吼：「你笑什麼？」

「你跟你哥形容的一模一樣。原來那傢伙到最後，還是什麼都沒讓你們知道。」

小威止住笑，睨著我，神情冷淡，「妳是這小子的女朋友吧？住在顏泊岳家對面的鄰家妹妹。」

我胸口發冷，他意味深長的眼神，讓我湧起不祥的預感。

「你這話是什麼意思？我哥跟你提過我們？」泊霖愕然。

「對啊。」他點頭，「最初提供毒咖啡包給你哥的人，確實是我。事實上，顏泊岳是在知道我有毒咖啡包的情況下，主動向我討要的，不是我故意害他染毒。」

泊霖勃然大怒，「你胡說八道！說謊也不打草稿，我哥和你這種人不一樣，他又不是笨蛋，怎麼可能做出這種是非不分的事？」

「是啊，他不是笨蛋，一個書讀得這麼好的模範生，有可能連這種事都不會判斷嗎？所以你應該也不相信你哥是出於好奇才嘗試的吧？既然如此，他在清楚嚴重性的情況下依舊決定碰毒，背後的原因，你關心過嗎？」

泊霖話音遲疑，似乎是聽出他的言下之意，「你的意思是，我哥會碰毒有不得已的苦衷？」

「你說呢？」

泊霖頓了一下，眉頭緊皺，「我哥跟他的老師說，他爲了更有精神念書，才服用朋友給的咖啡包，但我怎麼想都覺得不可能。我哥從來不曾爲讀書的事煩惱，怎麼可能因爲課業壓力做出這種事？」

「換句話說，你哥能一直這麼優秀，對你而言是再正常不過且理所當然的事？」

「廢話！」

「難怪他不願意對你們說出眞心話。你根本沒有眞正關心過你哥。既然顏泊岳到最後都還想當個溫柔體貼的好兄長，不忍對你們說出實情，我就替他告訴你們眞相，不然他太可憐了。」

小威抬起手，指著我們的臉，「眞正害死顏泊岳的凶手，不是我，是你們兩個。你們倆攜手把顏泊岳逼到絕境，讓他痛苦到不惜透過毒品麻痹自己，最終毀掉自己，懂嗎？」

強烈的暈眩襲來，我眼前的世界天旋地轉，雙腳無力差點無法站立。

泊霖跟我一樣驚愕，他破口大罵：「你說什麼瘋話？我跟夜紗做什麼了？你竟敢爲了推卸責任，栽贓到我們身上，無恥！」

「誰栽贓了？這是你哥親口告訴我的。你們讓他生不如死，所以他決定遠離你們，再也不想看見你們兩個的臉。」

小威臉上掛著毫無憐憫的冷冽笑容，「顏泊岳告訴我，你們兩個很聰明，從小他學什麼，你們就跟著學，每一項都能做得比他出色。有一次，他想學好籃球，爲了不再被你們打擊信心，他故意瞞著你們，結果事與願違，你們一如既往地剝奪他學習的快樂。」

他嗤笑了一聲，「你們知道顏泊岳最無法忍受的是什麼嗎？他因爲你們放棄原本感興趣的事物，比他有能力的你們，居然更乾脆的放棄。他歷經過各種掙扎與灰心才決定放棄的事物，對你們來說只是可有可無的消遣，玩膩了就能毫不猶豫拋棄。你們這種行爲，一次又一次傷了顏泊岳，也讓他越來越憎恨你們，最後決定逃離你們。只要繼續看見你們，他就必須面對自己的不堪與無能，我很明白他的心情。」

小威的雙手環抱於胸前，他繼續說：「爲何那樣優秀的顏泊岳，會爲了讀書不惜染毒？答案很簡單啊！因爲這是他最後的尊嚴，要是連唯一能被肯定的事都失去，他就眞的什麼也沒了。你們沒發現他的恐懼，還天眞的以爲他拚命守住的一切是理所當然就該擁有的。我可以想像顏泊岳生前對你們有多失望，才連最後一次面對你們的機會都放棄。」

小威說出的每一個字皆重擊著我，我雙眼發燙，清楚聽見自己顫抖的喘息聲。

泊霖笑了，嘲諷地回：「所以你是說，我哥染毒，追根究柢是因爲他覺得不如我們？太可笑了吧？因爲這種理由，就要讓自己墮落嗎？明明就是自己的問題，怎麼會是我們的錯？我不信我哥有這麼愚蠢的想法，你休想混淆視聽，我不會被你騙的！」

「眞是不見棺材不掉淚。」小威冷笑，將背在身後的單肩包移到胸前，拉開拉鍊，掏出一枝銀色錄音筆。

「從前你哥跟我談你們的時候，我剛好有錄下一段他說的話，還沒有刪，你自己聽你哥的眞心話。」

他快速操作著錄音筆，不久錄音筆傳來小威清晰的笑聲——

「好了，我開始錄了。現在就把對他們兩個的不滿通通講出來，錄完後我幫你寄給他們聽。」

「不用啦，別這樣。」

聽見回應小威的那道男聲，我跟泊霖都激動不已，那眞的是泊岳哥的聲音。

「爲什麼不用？你弟跟他女友讓你活得這麼痛苦，你沒話想跟他們說？」

「我無話可說，而且說了也沒用。」

「你怎麼知道沒用？」

「如果你是我，有辦法對深深崇拜自己的弟弟妹妹，坦承自己一直嫉妒他們、甚至恨他們嗎？就算他們知道我的痛苦，也只會覺得荒謬。尤其是我弟，他不會接受這種理由，他一定會認爲我怨不得別人，在爲自己犯的錯找藉口。泊霖表面單純耿直、沒有心機，但其實他很殘酷，很多時候，他的自私會讓我不寒而慄。自從我變成這樣，我從他看我的眼神就知道，他依舊沒打算眞正理解我，只是氣我爲何要讓身邊的人失望，還對他冷酷無情。大概是因爲從小就受寵，所以他很懂得如何讓別人照他的期望去做，只要能達成目的，他不會考慮對方是否爲難。直到現在，他還是想用他的方式挽回我。說穿了，他還只是個任性的小孩，只是過去我一直在哄他，可如今我不想再這麼做了。」

「是喔？那你妹呢？她也跟你弟一樣嗎？」

「不，跟泊霖相比，夜紗其實很敏銳。有幾次，明明我沒表現出來，她卻會在我因他們而情緒低落時，主動來我身邊，做些讓我開心的事，但就僅止於此。雖然夜紗看到我情緒低落會逗我高興，卻不曾親口向我確認，所以我想，也許她早就察覺到我內心的想法，只是不想面對，才裝作沒這回事。」

「既然如此，你就更該將這些話告訴他們啊！都到這個地步了，何苦繼續憋著？是不想被他們瞧不起，還是不忍心再傷害他們？」

「都不是，我只是想不到這麼做的意義。從我決定拋棄這一切，就不在乎他們怎麼看我了。比起想對他們說的話，我心裡只有一個願望。」

「什麼願望？」

安靜了將近一分鐘，泊岳哥沒有情緒的聲音才再次從錄音筆傳出——

「我是眞心疼愛著他們，也喜歡和他們在一起的快樂時光。但，我希望下輩子不要再見到他們了。」

「哈哈哈，我也是，下輩子不想再見到我爸媽。我當個孤兒都比當他們的小孩好……咳咳咳！」

「怎麼咳成這樣？你感冒還沒好嗎？如果你沒去看醫生，我陪你去，不然拖久了不好。」

「不用了啦。喂，如果你眞的沒打算跟他們說，那我就不錄了。」

對話停止，小威也按下停止鍵。

他將錄音筆收進包包裡，目光重新回到我們毫無血色的面容上。

「懂了嗎？你們的哥哥對你們絕望到寧可將這些話告訴我，也不肯對你們說呢！顏泊岳何嘗不知道，不能拿你們的事作爲墮落的藉口，但聽了你說的話，我現在很肯定，你們一次次的漠視，不斷在他傷口灑鹽的行爲，把顏泊岳逼上了絕路。我眞心爲他有你們這種弟弟妹妹感到悲哀。就像他說的，讓你們看見他的痛苦，根本毫無意義。」

小威將手裡的菸扔在地上踩熄，「還有，你哥結束勒戒後，我跟他就沒怎麼聯絡了，我也不清楚他後來從誰那裡取得毒品。你若想抓我，就向警方供出我當初賣毒給顏泊岳的證據。不過，即使我被關，也改變不了你們把顏泊岳推落深淵的事實。我想，我是唯一一個爲他的解脫眞心感到欣慰的人吧？這輩子他終於擺脫掉你們，而且下輩子也不會再跟你們重逢。」

他撂下這句話後，汽車喇叭聲響起，一台寶藍色轎車停到我們身邊，駕駛座上坐著一名陌生的中年男人。

小威走向轎車，打開副駕駛座的車門。

上車後，他搖下車窗，笑咪咪地對我們道別，「顏泊岳大概還是不想原諒你們，才讓你們順利找到我，不枉費你們特地跑過來了，辛苦囉，拜拜。」

他搖上車窗，車子駛離，迅速消失在馬路的盡頭。

我回過神，看見泊霖拿出手機，「你要做什麼？」

「我要吳尤明告訴警方，就是小威把毒品拿給我哥，我一定要讓這個混蛋被關進牢裡。」他漲紅了臉，用力按著手機。

我連忙抓住他的手，「可是，我們已經答應吳尤明不會供出他！」

「我才管不了那麼多，現在能證明這件事的人只有他，我一定要他親口跟警方說清楚，休想我繼續幫他隱瞞！」

他激動到眼眶泛淚，發出猶如受傷野獸的嘶吼。

「泊霖，你先別衝動，冷靜一下！」

泊霖甩開我緊抓他的手，朝街頭狂奔，很快就不見人影，而我腳一軟，蹲在路邊，連追他的力氣都沒有。

右手臂被人輕輕拉住，我以爲是泊霖，一回頭迎上對方的眼睛，我震驚得瞠目結舌。

「走吧。」

許耀哲帶著淚流滿面的我到停在附近的車子前。

他開來許叔叔的車，讓我上車，還替我繫上安全帶，一路駛向家，整路都沒看我，也沒有開口。

我的腦袋一片空白，心跳聲震耳欲聾，眼睛完全不敢轉向他。

爲什麼許耀哲會在這裡？難道他發現我不在房間，特意跑出來找我？但他怎麼會知道我在哪裡？他是何時出現的？他看見小威了嗎？莫非他聽到了我們的對話？

明明滿腹疑問，我卻沒勇氣向他確認，只能全身發抖，一個字都說不出口。

回到家後，許耀哲見我駐足在家門口，打破沉默，「我爸他們沒發現妳出去，妳直接回房吧。」

進屋後，我默默回到二樓房間。

關上房門，我重重地癱坐在地板，不可遏止的無聲痛哭。

隔天，我沒有下樓吃早餐，甚至無法下床，嚇得母親跟許叔叔臉色發白。

確定我沒有身體不適，母親獨自留在我房間裡，看著我哭得紅腫的雙眼，不斷追問我。

「是不是妳跟泊霖出了什麼事？」母親認真地問，疑惑的樣子似是無法理解，爲何一夜過去我就變成這副模樣。

「沒有，我們很好。妳跟許叔叔今天不是有事要辦？快出門吧，要不然會遲到。」我開口，聲音中帶著濃厚的鼻音。

「可是妳還在哭，這樣子媽媽好心疼。」她的手輕柔撫過我被淚水沾溼的臉龐，「媽媽今天在家陪妳好不好？」

「不行啦，別因爲我耽誤重要的行程。你們暫時別理我，等我消化完情緒就沒事了。媽，麻煩幫我跟許叔叔說我沒事，請他別擔心。」

在我強烈的堅持下，母親只能妥協，再三叮嚀我要記得吃飯，就跟著許叔叔出門了。

後來的幾個小時，我的手機響了數次，我都沒接。

這一次，我本也沒打算接，發現傳簡訊來的是蔚雯，才拿起手機。

她說，泊霖今早回家後，就把自己鎖在房間內，顏阿姨請她幫忙勸他，但他將蔚雯拒於門外，還吼著要所有人都別靠近他。蔚雯嚇壞了，要我看見訊息後趕緊回電。

除了蔚雯，手機裡其他未接來電皆來自泊霖的父母，想必他們也都是因爲泊霖的異狀，想要向我打聽。

跟泊霖分開到現在，他一通電話跟簡訊都沒有。

哭了一整夜，我的淚水還是止不住，泊岳哥的聲音更是持續在耳邊迴盪……

我哭到精疲力盡、喉嚨疼痛，於是下樓倒水，不料客廳裡居然有人在。

許耀哲在沙發上看電視，發現我下樓，默默站起身走向餐桌。

他拉出我慣坐的餐椅，對我說：「過來坐吧。」

我四肢僵硬，一步也不敢動。

雖然昨晚許耀哲什麼也沒問，我從他散發出的低氣壓確信，他已經知道我瞞著他去找小威的事。他心裡不可能不憤怒，一定想好好質問我。

「快點過來。」

他的聲音添了分強硬，我不敢繼續違抗，只能乖乖坐下。

許耀哲走進廚房，端著我的馬克杯出來，放在我面前。

他親自爲我倒了一杯溫開水，彷彿知道我爲何下樓。

在我低頭喝水時，許耀哲撥出了一通電話。

十分鐘後，家裡的門鈴聲響起，他去應門，隨後拎著一個沉甸甸的袋子回來。

他將一盒菜色豐富的便當，和一碗清淡熱湯擺到桌上，還拿了乾淨的餐具給我。

這一刻，我忍不住抬眸望向他。

「已經三點了，就算不餓，還是得吃一點，吃多少算多少。吃完後若想再休息，就直接回房，東西我收就好。」

許耀哲說完就回到客廳沙發，背對著我繼續看電視。

二十分鐘過去，便當裡還有一半的飯菜，我卻再也吞不下一粒米飯。

我輕輕放下餐具，用紙巾擦嘴，看許耀哲一眼後，就安靜地回到房間。

母親因爲擔心我，比預定時間提前回家。

她到我房裡找我，告訴我父親有打電話跟她說泊霖的情況。因爲泊霖的異狀和我不接電話的舉動，他懷疑我跟泊霖之間出了事，才請母親多多關心我。

「如果妳跟泊霖沒事，怎麼會同時都變得不對勁？跟媽媽說，好不好？」

母親溫柔的凝視，觸動著我脆弱的心弦，好不容易停止哭泣的我，再次淚眼模糊。

「我跟泊霖眞的沒吵架，但眞正的理由……我沒辦法說，對不起。」我哽咽。

母親沒有繼續逼迫，而是將我擁入懷中，柔聲安撫，「好，沒關係。但妳冷靜下來後，還是要記得回電話給爸爸，別讓他擔心，知道嗎？」

我在母親的臂彎裡點頭，任憑淚水將她的衣裳沾溼。

翌日，母親排開原有的忙碌行程，開車載我到漂亮的風景區，這也是我搬來後第一次和她出遊。

母親告訴我，她心情不愉快時就會開車到處繞繞，不讓自己待在某個地方消沉。

於是，她帶我到一間位於山區的景觀咖啡廳，一邊欣賞大自然的遼闊美景，一邊享用美味的下午茶。

她笑著說，這裡是最能讓她喘口氣的祕密基地，要我別告訴許叔叔。

「可是妳帶我來，就不再是妳的祕密基地了。」

母親笑著輕捏我的臉頰，「妳是我獨一無二的寶貝女兒，怎麼能相提並論？我還很開心我們母女倆可以在這裡喝茶聊天，這對我來說就像在做夢。如今美夢成眞，我非常幸福。」

知道母親說這些話是想討我歡心，我聽了卻只更覺得心痛。

「許叔叔有說什麼嗎？」

「他很關心妳，還說妳下週若不想去上課也沒關係。」

母親用小湯匙緩緩攪拌著黑咖啡，表情若有所思，「妳叔叔曾向我讚美妳，他說，妳是個擅長察言觀色、懂得隨機應變的孩子，但他也覺得妳懂事過頭了。他擔心妳在這個家過得很壓抑。」

她接著說：「耀哲也很關心妳，平時週末他都是去找朋友，可昨天他主動說要留在家照顧妳。夜紗，我們都很在乎妳，叔叔跟耀哲也是眞心把妳當家人，希望讓妳在這個家過得開心。今後試著多依賴我們一點，好不好？」

儘管拚命忍耐，這些話還是讓我忍不住哭了起來。

母親爲我擦去眼淚，引得鄰桌客人的好奇張望。

冷靜下來後，我哽咽著問：「媽，我想問妳一個問題。」

「好，妳問。」

「假如妳發現自己對某個很重要的人做出了不可挽回的錯事，而且再也沒有機會得到對方的原諒，妳會怎麼辦？」

母親靜靜看我，「妳說的是泊霖嗎？」

「不是，眞的不是他。」我搖頭。

「那妳爲自己犯的錯後悔嗎？」

這次我點頭，再次淚如雨下，「非常後悔，這是我這一生中做過最後悔的事。」

「既然這樣，就別再讓自己後悔第二次了。」

她微微一笑，「就算傷害已無法挽回，一定還有什麼事是妳可以爲對方做的。即使那對你們的關係已沒有任何幫助，還是希望妳能找出來，盡妳所能去做。」

她將黏在我臉頰的髮絲，輕柔地勾到我的耳後，「妳若眞心後悔，就不該逃避，否則這根刺會永久留在妳心裡，媽媽捨不得看妳那樣。過去我一度很後悔離開妳，爲了不永遠失去妳，我從不放棄與妳聯繫，如今我慶幸自己有堅持下去，不然妳現在就不會在我身邊。妳很聰明，一定懂我的意思，要怎麼做才不會讓後悔永遠只是後悔，答案只有妳知道。只要妳是眞心想再爲對方做點什麼，一定找得到方法，媽媽對妳有信心。」

當下的我，並不眞的相信母親的這番話。

儘管許叔叔表示，週一我可以繼續在家休息，但我不好意思眞的那麼做，依舊打起精神去上學。

然而，我就像是一具空殼，不會說話也不會笑，對周遭的一切無動於衷，彷彿被隔離在世界之外。

這天開始，許耀哲放學後都會站在我必經的教室大樓一樓等我，跟我一起回去。我沒有拒絕他，也沒問他為何要這麼做。

直到現在，許耀哲依舊什麼也沒問我，耐心給我時間沉澱心情。

週四中午，我在裝水時，因為短暫走神，被熱水燙傷了手。

之軒送我去保健室包紮，校醫見到我眼下掛著清晰的黑眼圈，建議我留下來好好休息，再請之軒跟老師說明。

即使失眠多日，身心疲憊到極點，我仍無法順利入眠，還因為四周過於安靜，忍不住胡思亂想。

最後，我再也躺不下去，趁著校醫不在悄悄離開保健室，走到舊校舍大樓。

腦袋又疼又重，讓我的意志力跟判斷力所剩無幾。

我不自覺走到三樓的美術教室，探頭看了看，教室沒人，我幾乎沒有考慮逕直走了進去。

畫架上放的水彩畫作，已經不是上次看見的繡球花，而是占滿整片畫布的康乃馨與玫瑰。

雖然畫作尚未完成，仍美麗到深深攫住我的目光。

不知道爲什麼，當我坐在椅子上安靜欣賞那幅畫，我吵雜的腦袋，便不可思議的漸漸沉靜下來。

恍惚間聽到鞋子踩踏在磁磚地的聲響，我下意識望向聲音來源，瞬間從座位上跳起，人也驟然清醒。

「對不起學長，沒經過你的允許又闖進來。」我心慌意亂地道。

高海城不帶溫度的目光停在我臉上，一句話也沒說，走到畫架前準備作畫。

見他沒生氣，更沒有趕我走，意外之餘，我也生出些許勇氣。

我想，若眞心誠意告訴他「我想留在這」，或許他不會眞的反對。

「學長，我知道這個要求很厚臉皮，但你能不能……讓我暫時待在這裡？」

「爲什麼？」他秒回。

「咦？」

「我問妳爲什麼要待在這，妳有話跟我說嗎？」

我啞口無言。

這是怎麼回事？

爲何只是聽到高海城這麼問，我就整個人不對勁，感覺心臟快跳出胸口，一度心悸到手腳發麻。

「我見到小威了。」

這句話脫口而出，同時，高海城作畫的手一停。

他頭也不回問：「什麼時候？」

「上週五。」我張開顫抖的嘴唇，任憑這些話自動地從嘴裡迸出，「小威跟我認識的人有過接觸，我偶然打聽到小威那晚會出現在市區的KTV，於是我跟泊霖在附近埋伏他。最後我們眞的成功堵到小威，但我沒看見陳璿在他身邊，不確定他那晚是否有跟小威同行。」

「是嗎？」高海城語氣淡漠地問：「那你們爲顏泊岳討回公道了嗎？」他沒有怪我到現在才告訴他。

我瞬間淚眼模糊。

「當泊霖……衝去質問小威，小威坦承最初是他拿毒給泊岳哥，但他也將泊岳哥染毒的原因告訴我們，並給我們聽泊岳哥生前錄下來的話。」

我一口氣將那晚發生的事，全說給眼前的人聽。

說出口的同時，我明白了自己爲何會這麼做。

高海珹是泊岳哥心中的仰望跟遺憾，所以看見他，我那些無處安放的後悔彷彿找到了出口，讓我忍不住把對泊岳哥的所有歉意，全數宣洩在他的身上。

母親說，只要我眞心想要，就能找到還能爲對方做的事。

然而，除了繼續哭泣跟後悔，我想不出其他答案。

就算有，將泊岳哥傷到至深，被他恨之入骨的我，還有這麼做的資格嗎？

「我沒資格當泊岳哥的妹妹。」

我掩面痛哭，上氣不接下氣，「我沒有眞正去理解他的心情，還一直不斷折磨他，是我把泊岳哥逼到絕路，是我親手害死他的。」

面對我的崩潰，高海珹依舊未回頭，也沒有任何回應。

我稍微冷靜，意識到自己的嚴重失態，尷尬地道：「學長，我還是離開好了。抱歉打擾到你畫畫，眞的對不起，再見。」

不敢知道高海珹聽完這些會用什麼眼光看我，又會對我說出什麼話，於是我落荒而逃。

放學，許耀哲問我晚餐要吃什麼？

以往母親跟許叔叔晚回家，我都是獨自解決晚餐，這幾天有許耀哲在，他都會打電話叫各式各樣的美味晚餐給我吃。

他應該是看到我渾渾噩噩的模樣，知道我一個人絕不會記得吃飯，才願意犧牲自己的時間陪我。

他的心意令我動容，我不再像先前那樣表現得興致缺缺，「今天的晚餐，我來煮吧。一直吃外送對身體不好。我煮些簡單的家常湯麵，可以嗎？」

即使沒看他的臉，從他回話的語氣，我也能猜到許耀哲現在是笑著的。

「好啊，但我記得家裡的冰箱沒什麼食材，先去超市買妳要用的東西吧。」

等紅綠燈時，我站在許耀哲身後，望著他染上餘暉的背影。

再讓他等下去，對他不公平，我必須盡快對他解釋這一切。

我決定明天就向許耀哲開口。

就在我下定決心時，泊霖捎來的訊息，讓我一度忘了這件事。

「夜紗，妳快搬回來，別住在那裡了。」

終於等到朝思暮想的話，我的心裡卻只有一片茫然。

我過了一夜都沒回覆，泊霖以為我因為他那晚丟下我而生氣，隔天他直接打電話過來道歉。

我表示我沒生氣，只是在考慮是否要延後搬回去，他完全無法接受我的說詞。

「爲什麼要延後？難道妳想繼續住在那邊？」

「不是這樣，我只是還需要一點時間思考泊岳哥的事。」

他語氣有了起伏，「有什麼好思考的？難道妳也認爲，我哥是被我們兩個害死的？凶手明明就是小威，妳眞的相信他爲了卸責胡扯的話嗎？」

「我、我當然不願相信。但是，泊岳哥對小威說的話，我們確實都聽見了，或許我們應該……」

「別講了，我不要聽。妳不回來就算了，隨便妳！」

泊霖大喝一聲，掛斷電話。

彼端再也打不通，他關機的舉動，證明了他鐵了心不願再與我溝通。

我哭著坐在床上，將臉埋入臂彎，又度過了一個無眠的夜。

Chapter 12

手錶上的時間顯示晚間八點四十分，早就過了放學的時間。

然而我還在學校，而且獨自被關在空蕩蕩的廁所裡。

放學時，我書包收拾到一半，已經先離開的之軒，突然打電話給我。

她說，認識的學姊告訴她，許耀哲在大禮堂發生嚴重意外，因爲他手機沒電聯絡不上我，請她幫忙通知，要我現在過去一趟。

我感覺渾身血液逆流，當即丟下手邊的東西趕去大禮堂。

一到禮堂，發現空蕩昏暗，沒有半個人的影子。

這時，我感覺有人來到我身後，我正要轉身，某樣東西就套住我的頭，遮蔽了我的視線，對方還將我的雙手牢牢架住，搜過我的外套和褲子的口袋，而後不顧我的反抗和尖叫，硬是拖著我移動。

對方將我推進某個地方，下一秒，耳邊響起重重的關門聲。

我扯下蓋在頭上的東西——是個袋子。再瞥了瞥周遭，腳邊的蹲式馬桶進入我的視線之中，我這才驚覺我被關進洗手間裡。

門被人從外面堵住，怎樣也推不開，我又急又怒地大喊：「是誰？爲什麼要做這種事？」

刺骨冰冷驟然從天而降，我發出驚叫。

外面的人往我頭頂上不停澆水，無處躲藏的我馬上渾身溼透。

應該是擔心聲音會被我認出，不管我說什麼，門外的人都不回應，一邊凌虐我一邊嘻笑，我從那些聲音確定對方是女生，至少有三人。

她們終於停止對我澆水，卻也沒就此放過我。

她們將我繼續關在洗手間裡，再關上燈，腳步聲就越來越小，看來她們頭也不回地離開了。

於是現在，我只能孤零零留在這個又臭又髒的狹小空間，等待不知何時會到來的救贖。

會捏造許耀哲出事的假消息，把我騙到這裡的人，我想，應該只有瘋狂愛慕許耀哲的女粉絲了。

當初之軒那樣警告我，我還不信，想不到眞的有人會做到這種地步。

這間廁所的髒亂和老舊程度，像是多年沒人使用，得以想見這裡平時根本不會有人出沒。

她們抓起我時，還事先確認我身上沒有手機，不讓我向外求援，計畫之縝密，說是存心置我於死地也不爲過

這陣子天氣驟涼，我全身溼漉漉的被關著，沒有聯絡外界的方法，只能呆站在這裡。站到兩腳發疼，我蹲下緊緊抱住自己。

幾個小時過去，身上的衣服稍微乾了一些，我還是冷到瑟瑟發抖，打了好幾個噴嚏。

看著處境狼狽落魄的自己，我情緒低落，鋪天蓋地的黑暗籠罩著我。

「我希望下輩子不要再見到他們了。」

除了泊岳哥，原來還有其他人也深深憎恨著我，希望我能從眼前消失。

倘若我因爲失溫而死在這裡，是不是就可以對泊岳哥贖罪？若我死了，泊岳哥是不是就會原諒我了？

外頭強風撼動四周的玻璃窗，造成了巨大聲響，我被嚇了一跳，灰暗念頭隨之消散，我也清醒了點。

幸好，許耀哲沒有眞的發生意外。

他跟母親還有許叔叔，一定因爲找不到我，焦急得不得了吧？

這幾天我已經讓他們很操心了，如今又鬧出這一齣，我實在不知道該拿什麼臉面對他們。

要是現在決定搬回去，是不是就不會再給他們添麻煩？

「爲什麼要延後？難道妳想繼續住在那邊？」

當泊霖要我回去時，我其實很想立刻答應，然而內心一直有質問自己的聲音。

「回去以後，我跟泊霖會變得如何？我們還有辦法像從前一樣嗎？」

「要是就這麼回到泊霖身邊，我們是不是就會爲了隱蔽這個殘酷的事實，決定從此不再提泊岳哥，一生都抱著這份疙瘩跟陰影，過著自欺欺人的日子？」

「這樣做是對的嗎？我又眞的有辦法做到嗎？」

陷在疑惑中的我，打了個大大的噴嚏，身體似乎已經冷到失去知覺。

十一點二十分，強烈的疲憊讓我的眼皮再也撐不住，我整個人貼著牆癱坐在地，一動也不動。

即使意識已然飄遠，我仍隱約感覺到，原本漆黑的洗手間亮了，刺耳的物品碰撞聲傳入耳。

沒過多久，眼前的門被打開，一股暖意將我包圍，有人張開雙臂溫柔的緊緊擁抱我。

不知爲何，他的呼喚聲，讓我深深的安心，淚意再度湧上。

許耀哲找到虛弱不堪的我，把我從那狹窄黑暗的地方救出。同時，我恢復了一點意識和力氣，能好好地走到最近的後校門。

我說可以直接送我回家，他卻堅持帶我去醫院檢查。

前往醫院的路上，他一邊打電話跟母親報平安，一邊牢牢緊摟著我，像是害怕我隨時會倒下，一刻也不敢鬆開。

這樣的貼近，我能清楚聽見他紊亂的呼吸聲。

他的額頭跟頸側都有汗水的痕跡，爲了找我，他好像已經四處奔波許久。

通話結束後，許耀哲告訴我，母親跟許叔叔也準備來醫院。發現我的視線定在他身上，他認眞地問：「怎麼了？哪裡不舒服嗎？」

「沒有，我很好。」我移開視線，不自在地動了動肩膀，「你不用這樣摟著我，我眞的沒事。」

「確定？」見我點頭，他才放開了我。

我舔舔乾澀的嘴唇，「你是在哪邊找到我的？剛剛那個地方很暗，出來時我也沒留意周遭，根本不曉得我到底被關在哪裡？」

「就在禮堂的後方。我沒去過，不曉得那裡有洗手間，有人建議我去那裡看看，我才順利找到妳，不然……」

許耀哲停頓一下，面無表情改口，「事情經過我聽郭之軒說了，她也告訴我放假消息的人是誰。妳認識二年二班的朱宜茜嗎？」

我搖頭，「我不認識，她有說爲什麼這麼做嗎？」

「沒有，朱宜茜目前失蹤，所以還無法確定原因。」

「失蹤？」我愣然。

「警方在十點半找去她家，聽說她還沒回家，也聯絡不上，她的父母很焦急。」他追問：「妳有沒有看見其他共犯？就是把妳關在那裡的人。」

「我來不及看清她們的臉，我一到禮堂，她們就從背後用袋子套住我的頭，把我拖走。我只知道都是女生，最少有三個人。」我這時才意識到了什麼，「等等，你們報警了？」

「嗯，妳失蹤這麼久，侑芬阿姨都急哭了，我爸堅持報警，也已經聯絡妳父親跟後媽了。」

我傻住，沒想到事情鬧得這麼大。

「那……我媽他們知道，朱宜茜是怎麼放假消息的嗎？」

「我跟郭之軒聯絡過後，就急著去找妳，來不及跟他們說明詳情，我打算等到醫院再跟他們——」

「不行，你別說出來！」我制止他。

「爲什麼？」許耀哲眼神困惑。

「你應該猜得到，她們會這麼做，是因爲喜歡你，才把我視爲眼中釘。我不想讓我媽跟許叔叔知道，她們是爲了這種理由傷害我。」

他停頓，「妳擔心他們會怪我？」

我馬上澄清，「我當然相信他們不會怪你，但我還是不想讓我媽覺得，我是因爲你才會遭遇到這種事。你找到我，我已經很感激，不希望你對我媽抱有不必要的愧疚，畢竟你沒有任何錯，所以別對他們說，好不好？」

許耀哲看著我，沒有回答。

此時車子抵達醫院，許耀哲快速結了帳，帶我下車。

還未踏進醫院，強烈的暈眩感就如浪潮向我襲來，我走沒幾步就眼前一黑，失去意識。

ღ

再次睜開眼睛，一團模糊的影子在眼前晃動。

看清對方的五官，我反覆眨眨眼睛，以為自己在做夢。

「高……」

高海珹身著咖啡色毛衣，披著灰色大衣外套。見我醒來，目光從我臉上移開，轉頭對另一邊的人說：「許耀哲，你妹醒了。」

急促的腳步聲傳來，許耀哲的面孔映入眼簾。

他的手掌輕貼在我的額頭上，像在確認我的體溫，「妳還好吧？」

許耀哲的貼近，讓我幾乎可以清楚看見他瞳孔裡的倒影，不由得呼吸一滯，趕緊點頭。
發現自己躺在單人病房裡，我很快猜到是怎麼回事。
「那我走了。」
高海珹說完便走到門邊，淡淡落下一句，「許耀哲，這次別做得太過火。」
許耀哲沒有回答他。
我思忖著那句話的意思，等高海珹離開，我好奇地問：「學長怎麼會在這裡？」
「他知道妳住院，順路過來看看。我剛剛去裝熱水，請他幫忙照看妳。」
他輕描淡寫回答，將椅子拉到病床旁坐下，「妳失蹤後，我找遍學校就是找不到妳，一度懷疑妳離開學校。我找高海珹幫忙，他認爲妳還在禮堂附近的機率很高，便查出學校禮堂六年前重建過，後方有尚未拆除的區域。於是他找出禮堂整修前的平面圖，發現舊區域有幾個荒廢的空間，建議我去那裡找，連洗手間也別放過。託他的福，妳才沒在那裡待到天亮。」
我很吃驚，居然是因爲高海珹的協助，許耀哲才能成功找到我。
「那我得好好向學長道謝。」
「是啊。」他頷首，「對了，那小子只是有事經過醫院，順道來打個招呼，妳不用特別跟別人提起。」

聽出他的言外之意，我不問為什麼要隱瞞高海城來過的事，而是應下。

他唇角輕勾，「妳肚子餓了吧？有沒有想吃什麼？」

「還好，我不太餓，我從昨晚睡到現在？」

牆上被陽光照亮的時鐘，顯示著九點。

「不，妳睡一天了，今天是週日。妳在渾身淋溼的情況下，被關進陰冷的洗手間好幾個鐘頭，身體嚴重受寒，到了醫院就昏了過去，還發高燒。醫生說妳的身體很虛弱，是心神俱疲的狀態，要妳好好休養。還有，妳爸這兩天都有來，看妳睡得熟不忍心叫醒妳。現在他跟侑芬阿姨在樓下的咖啡廳談話，晚點我爸也會來看妳。」

聞言，我心亂如麻，不知道該說些什麼。

許耀哲繼續說：「你爸說，顏泊霖還不知道妳發生的事。確定妳平安後，他有告訴顏泊霖的母親，但顏泊霖的狀態也不是很好，因此他們說好先不告訴他。妳認為呢？若妳想見顏泊霖，我可以偷偷幫妳聯繫。」

沉默半晌，我輕聲婉拒，「沒關係，我跟泊霖現在確實不太適合見面。既然我已經沒事，就不用特別告訴他，我不想在這種時候讓他更煩心。」

「那孫蔚雯呢？妳也不想見她嗎？」

我的舌尖嘗到了一絲苦澀。

「我想見，但我很害怕，不敢見她。」

「因爲顏泊岳說的那些話？」

心臟重重一顫，果然，許耀哲那天晚上都聽見了。

「對，若蔚雯知道眞相，一定也無法原諒我們。如果連她都失去，我會受不了的。」

我哽咽，潸然淚下，「我過去確實有隱約察覺到，當我們三人一起學習，泊岳哥聽到大人特別讚美我跟泊霖，會變得有些落寞，然而我從沒正視他的心情，更沒想過有一天這會變成壓垮他的稻草。我以爲不管發生什麼事，泊岳哥會永遠包容我們，殊不知他早就看穿我了。比起不知情的泊霖，我的行爲其實更虛僞可惡。我眞的覺得自己好卑鄙、好噁心，恨不得消失。」

「那可不行。」

低聲啜泣的我，傻傻看向許耀哲，「什麼？」

「妳不能消失，妳若消失，我會難過。」

他笑意淺淺，語氣卻沒有一絲玩笑意味。

發現他是眞心在安慰我，我顫聲問：「你都不會瞧不起我嗎？」

「不會。」

「爲什麼？你明知道我對泊岳哥做了多麼殘酷的事。」

他思考了一會，緩緩開口：「因爲我會想，或許我也在渾然不知的情況下，做出傷害陳璿至深的事，使得他對我懷恨在心，決定從我的世界消失。我不會瞧不起妳，我很明白妳現在的心情有多煎熬。」

看著我呆滯的表情，他彎起眼角，「抱歉，明明答應不會再對妳提起這個人。還有，在KTV把妳接回家的那晚，我又無照駕駛了，妳不會生氣吧？」

許耀哲略帶調皮的微笑，令我心緒激盪，燃起想在他面前大哭一場的衝動。

「我怎麼可能會爲這種事生氣……」

心情稍微放鬆的這一刻，我用手背擦去滿臉的淚，問出藏在心裡已久的疑問：「可是，你怎麼知道那晚我會去那間KTV？」

「劉國元跟我說的。」他說：「那晚他在線上敲我，說妳曾向他打聽小威。他從他女友口中得知小威做過的事，越想越不安，擔心妳會去找小威，才決定告訴我。一發現妳不在房間裡，我立刻趕過去，就看見小威和你們在一起，也聽見你們的對話。」

他不疾不徐地接著說：「在那之後，我親自去找過電子遊戲場的老闆，向他要了江江的電話，卻一直聯繫不上對方，因此我無法透過他找出小威，也無法確認江江是否也認識陳璿。」

「原來如此……」我小心翼翼地開口：「你不氣我瞞著你去找小威嗎？」

「氣啊，但看到妳變成這副模樣就氣不下去了。而且我能猜到妳爲何瞞我，妳怕我會見到陳璿。」

聞言，我沒有否認。

他的目光在我臉上流連，「其實我心裡一直有股奇怪的感受。我可以理解妳覺得陳璿不單純，所以不希望我們重逢，但妳戒備他的程度，就像是妳親眼看見他做了壞事，或是有聽聞他犯過更嚴重的罪。妳對他的恐懼更甚小威。」

我被他問得心慌，口乾舌燥，「不是這樣的，我是因爲……」

許耀哲臉上重新堆回笑意，「沒事，我只是單純說出我的感覺，不是眞的在懷疑妳，妳不用緊張啦。」

安撫我後，他話鋒一轉，「對了，警方找到朱宜茜了，昨天下午，她被發現躲在網咖裡。她知道她闖下大禍，所以不敢回去，坦承錯誤時一直哭，不肯說出其他共犯，因此我斷定她應該不是主謀，是對妳動手的人們威脅她，讓她做代罪羔羊。」

聽許耀哲轉述了警察調查的結果，我才明白整件事的經過——

那天的最後一節下課，朱宜茜假冒之軒找上許耀哲的友人，表示放學後我們要去逛夜市，請對方帶話給許耀哲，讓他不必等我，還說我的手機已經沒電，避免他在這段時間聯繫我。

放學後，朱宜茜再找上之軒，放出許耀哲出事的假消息，讓她通知我。等我離開教室，朱宜茜就趁著四下無人來到我的座位，將我的書包跟手機帶走，企圖製造我已經離開學校的假象，再用我的手機傳簡訊給之軒，讓她以爲我跟許耀哲已經在返家的路上。

我到了十點還未返家，以爲我跟之軒去逛夜市的許耀哲，看見母親臉上流露出的擔憂，也開始覺得有異，於是他想辦法聯繫之軒，最後得知我失蹤的消息。

聽完整起事件，我也認爲朱宜茜是被推出來當替死鬼。

「朱宜茜後來把我的書包跟手機藏去哪了？」

「學校的監視器有拍到，妳的書包被她拿去垃圾場扔掉，但現場只找到妳的書包，沒看見手機。朱宜茜不肯說出手機去了哪裡，只承認對妳做的惡作劇。她也沒有透露動機，因此侑芬阿姨僅知道朱宜茜是利用我把妳騙去禮堂，妳不必擔心她會對我有所誤解。」

「那就好。」我鬆了口氣，「朱宜茜若堅持不說出共犯，她會怎麼樣？」

「她不肯說，自然得擔下所有責任，或許會被退學吧。」

「這麼嚴重？」我微微瞠目。

「當然，若我沒找到妳，妳現在可能還被關在那。這跟殺人的行爲沒兩樣，所以連我那好脾氣的老爸，都罕見動了怒。有他出面，校方不會不重視。」

許耀哲接著問：「如果順利抓到那些共犯，妳想怎麼處置她們？希望她們離開學校嗎？」

「也……不用到這種程度，只要她們願意老老實實的認錯，並眞心悔過就好。」

他失笑，「就這樣？她們把妳害得這麼慘，妳卻輕易放過她們，妳一點都不生氣？」

「我當然生氣，恨不得也讓她們嘗嘗在大冷天被澆冷水，還被關在又臭又髒的地方好幾個鐘頭的滋味。可是，我被關起時，心中其實沒有任何復仇的念頭，只覺得這是我的報應，要是這麼死去，我就可以向泊岳哥贖罪。」我低頭看著手心。

許耀哲沉默下來。

「我是報應嗎？」

「什麼？」他突然的話語使我一愣。

「我明白顏泊岳的事讓妳很痛苦，但妳是因爲我才遭遇這種事，結果妳稱之爲『報應』，對自己的安危毫不關心。這就表示，要是妳最後眞的發生不測，身爲罪魁禍首的我，心裡會有什麼感受，妳一秒都沒在乎過吧？」

我啞然，怔忡望著他不帶表情的面容。

這時傳來敲門聲，母親和許久不見的父親一同走進病房。

母親將手放在許耀哲肩上，溫聲要求他返家休息，他旋即起身向她跟父親道別。

許耀哲離開後，母親跟我說，這兩天許耀哲寸步不離守在我身邊，還自願睡在醫院，方便時時刻刻照顧我。

我羞愧到無地自容，恨不得再把自己關回那間廁所。

我到底在做什麼？

明知這次的事讓他爲我焦急擔憂，我居然還對許耀哲說出這些不經大腦的蠢話。

這些日子他對我處處包容、不斷關心我，我卻只顧著沉浸在悲傷裡，不曾重視他爲我著想的心。

就算泊岳哥的事令我再痛苦，我也不應該這麼做。

想到許耀哲如今對我充滿憤怒，甚至感到失望，我的心便湧起強烈的恐慌，也陷入更深的罪惡感與自我厭惡。

「夜紗。」父親的喊聲打斷我的思緒。

見我氣色頗佳，父親讓我跟雨葵和後媽通電話，向她們報平安。電話中，後媽也對我透露泊霖的近況。

或許母親有對父親說了什麼，他沒有追問我和泊霖的事，只嚴肅叮嚀我要好好吃飯跟睡覺，別讓他們擔心。一個小時後，父親就回去了。

中午，許叔叔帶了我喜歡的食物來探病，並鄭重向我承諾，會讓校方給出交代，不會再讓我遇到同樣的事。

家人們給我的溫暖關懷，漸漸將我拉出那冰冷黑暗的深淵。

下午，母親去幫我買現榨果汁，回程時帶了一個意想不到的人來。

看見她身後的蔚雯，我震驚到說不出話。

母親微笑說：「我接到蔚雯的來電，得知她人已經到醫院門口了，便去接她一塊上來。」

母親留下兩杯果汁就離開病房，給我們單獨說話的空間。

面色微微蒼白的蔚雯，看著我的眼神充滿深切的擔憂。

「夜紗，妳發生的事我都聽說了，妳眞的沒事了吧？」

「眞的，明天我就能出院了。」我鎮定地擠出一抹笑，「是我爸跟妳說的嗎？」

她點頭，視線在我身上上下打量，表情既憤慨又心疼，「那些欺負妳的女生，簡直太過分了，居然做出這麼惡劣的事。而且妳怎麼會瘦成這樣？妳都沒有吃東西嗎？」

我無法解釋，只能回：「對不起，我不會再這樣了。」

她紅著眼睛，從袋子裡拿出母親買來的果汁，插上吸管，塞到我手中。

「要我相信妳，就在我回去前，把這杯營養果汁喝完，一滴都不能剩喔！」

「好。」我乖乖喝下幾口果汁，低聲說：「對不起，一直沒有回妳電話。」

「沒關係，我知道妳跟顏泊霖的狀況都不是很好。等妳調適好心情，再聯絡我也可以。」她體貼地說。

「泊霖還是不讓妳去找他嗎？」

「嗯，我的訊息跟電話他都不回，但我在學校還是會碰到他，他就像變了一個人，老師也很擔心。不過，顏泊霖的那些好朋友，這陣子很積極找他出去玩，不讓他繼續關在家裡。雖然不曉得顏泊霖爲何偏偏疏遠我，但我還是會持續關心他。」

喉間的苦澀讓我難以言語。

泊霖無法面對蔚雯的理由，必定和我一樣。

怕她會胡思亂想，我強調，「蔚雯，泊霖之所以疏遠妳，一定有他的苦衷，絕不是因爲妳做錯什麼。」

「我知道，我們認識這麼久，這點我還是看得出來。」蔚雯給我一個微笑，語氣小心地問：「但是夜紗，妳不打算回去看看顏泊霖嗎？」

料到她會這麼問，我坦言，「我想這麼做，可是不行。」

「為什麼？難道你們真的分手了？」

「沒有，只是我們暫時別見面對彼此都好。在我整理好心情前，我需要這麼做，希望妳能諒解。」

蔚雯神色凝重，「那……妳還會照原定計畫搬回來吧？」

我斂下眸，不敢對上她的視線。

「蔚雯，對不起。其實，我還不確定現在搬回去的決定，到底是不是正確的。我唯一可以保證的是，我已經沒有想報復小威的念頭。」

她訝異，「真的嗎？」

「對，我不會再為了報仇，做出讓妳擔心的事，哪怕泊霖要求，我也不會做。」

蔚雯露出無比欣慰的笑容，「太好了，有妳這句話，我就放心了。夜紗，只要妳能快點恢復健康，妳想怎麼做，我都沒有意見。」

迎上她喜悅的眼眸，我鼓起勇氣開口：「我不告訴妳我跟泊霖發生什麼事，妳會生氣嗎？」

蔚雯輕輕握住我的手，我這才發現她的手指不僅冰冷，還一直在顫抖。

她淚眼汪汪，「夜紗，妳知道嗎？最近的顏泊霖，總是會讓我想起泊岳哥最後的模樣，我看到妳心裡也好慌，好害怕會失去你們倆。所以我決定什麼也不問，等你們主動告訴我。就算你們永遠不說也沒關係，只要你們可以一直平平安安在我身邊，這就夠了。」

聽到蔚雯的話，我忍不住跟著她一起流淚。

「蔚雯，妳老實回答我一個問題。」

「什麼問題？」她擦乾臉上的淚水。

忍住強烈心悸伴隨的作嘔感，我艱難地開口：「從以前到現在，妳有沒有因爲我或泊霖的某些行爲而感到受傷，甚至對我們心懷怨恨，不想再看見我們？」

沒料到我會這樣問，蔚雯有些愣然。

一陣短暫的沉默後，她坦承，「的確有過這種時刻，但並不至於到恨你們的程度。」

「妳可以告訴我嗎？」

蔚雯停頓，不久後緩緩開口：「妳跟顏泊霖從小功課就很好，連運動都難不倒你們，所以在你們身邊，我總是覺得自卑。小學時還常有同學私下講我壞話，說我沒資格和你們交好，連老師都會數落我。那時，我很氣別人總是拿我跟你們做比較，心裡也會忍不住埋怨，希望我們不是住在同一條街。」
我不知道該說什麼，只能愧疚地說：「對不起。」
蔚雯噗哧一笑，「妳幹麼道歉啦？都是以前的事情了，而且我跟你們在一起，又不是只有痛苦的回憶。妳以前為我做過的事，至今還是讓我很感動。」
我心中不解，「我有為妳做過什麼嗎？」
「當然有，像是國一那年，有次我們三人一起在顏泊霖家準備段考，有幾題數學題我始終無法融會貫通，你們兩個花了很長的時間教我，教到最後，顏泊霖失去耐心，說他無法理解為何有人連這程度的問題都不懂，還笑我比小學生笨。妳應該不記得了吧？」
「我……的確不記得了。」我尷尬地囁嚅，「但妳至今還記得泊霖說的這些話，是不是表示妳一直覺得很受傷？」
「是呀，就算我知道顏泊霖沒有惡意，心裡還是很難過，甚至謊稱肚子痛，躲進廁所偷哭。直到確定自己看起來沒事，才回到你們面前。」
蔚雯面帶微笑繼續說：「沒想到，那天晚上妳突然跑來我家，說一個人讀書很無聊，想找我一起，甚至把自己念書的時間，全拿來教我做數學，直到我學會。隔天，妳教的內容都有考，所以那是我考得最好的一次，連顏泊霖都對我刮目相看。最令我難以忘懷的，是妳看到我的成績後，比我還開心的樣子。看到那一幕，我確定，我的難過妳都有看在眼裡，妳不是口頭上安慰我，而是以實際行動幫我，這對我意義重大。無論妳當時是否不想讓我覺得難堪，我都很感謝妳爲我這麼做。」

「眞的嗎？」我眼眶發燙，半信半疑，「我明明有察覺到妳的心情，卻選擇不說，妳一點都不介意？」

「我會介意呀！可是，妳願意陪我突破眼前的困境，不讓我孤軍奮戰，比起言語，這更能讓我感受到自己是被妳在乎跟珍惜著。妳的心意確確實實有傳達給我，所以就算被妳看見不堪的一面，我也不怕，因爲我知道不管我有多糟糕，妳都會接納我，讓我產生面對一切挫折的勇氣。」

語落，蔚雯靦腆地道：「這應該不是我在自作多情吧？」

「當然不是。」我再次淚眼婆娑，「但聽了妳的話我才發現，自己從來沒有將心意清楚傳達給泊岳哥，害他只能孤軍奮戰。我好後悔，眞的眞的好後悔。」

「我也是呀！明明我們是泊岳哥親近的人，卻什麼也沒發現，可見我們並不是他信任的對象。想到泊岳哥生前，身邊沒有一個能讓他傾吐心事的人，我就好心痛。」

蔚雯這句話，讓我一時傻住，沒有反應。

頓了一會，我才開口：「在我們三個當中，妳是最不讓泊岳哥失望的，只是他無法輕易對妹妹訴說煩惱，才沒有對妳坦白。」

「怎麼說？泊岳哥明明一直以來都最疼妳。不光是他，許耀哲也對妳很好，妳很有哥哥緣。」

知道蔚雯是想讓我心情好轉才這麼說，卻讓我的心更加淒苦。

「沒這回事，我確實讓泊岳哥很失望，現在，我也讓許耀哲失望了。」

「爲什麼？」

「我做了一件過分的事，他一定對我心灰意冷。」我苦澀一笑，「他應該已經討厭我了。」

看著情緒低落的我，蔚雯認眞地說：「夜紗，雖然我不清楚發生什麼事，但我確信許耀哲沒有討厭妳。我是因爲他，才會出現在這裡。」

「這是什麼意思？」

她又笑，「老實跟妳說吧！妳住院的消息，是許耀哲告訴我的。他向張叔叔要了我的電話聯繫我，剛剛還親自開車送我過來。路途上，他告訴我妳失蹤的始末，把妳出事的責任全攬到自己身上，很眞誠的向我道歉。他也讓我知道妳很想我，說這些日子妳過得不好，希望我見到妳之後好好陪著妳，別追問妳跟顏泊霖發生的事。他也要我隱瞞他聯繫我的事。夜紗，如果許耀哲眞的討厭妳，怎麼可能會這麼做？他明明就很關心妳，比誰都爲妳著想。」

我終於能再次開口，而我也清楚聽見自己聲音裡的顫抖，「眞的？」

「當然是眞的，妳別再誤會他了。我相信許耀哲是眞心把妳當妹妹在疼愛。如果許耀哲對妳來說也已經是重要的家人，妳一定要將心意清楚傳達給他。妳還來得及這麼做。」

蔚雯的話給了我當頭棒喝，也讓我呆滯許久。

原來，許耀哲離開醫院後不是回家休息，而是聯絡蔚雯，帶她來我的身邊，還對她說了那些話。

在我傷害他之後，他依然願意爲我做這些。

淚水再次沾溼臉龐，這次卻不再是因爲悲傷。

母親回來後，她跟多年不見的蔚雯愉快地聊了兩個小時。

蔚雯準備回去時，我當著母親的面對她說：「蔚雯，我跟泊霖應該暫時不會聯絡，請妳幫我轉告他，我的手機目前無法使用，理由妳隨便替我想一個，好嗎？」

似是沒想到我會這麼說，蔚雯跟母親互望一眼，滿臉疑惑和意外。最後，她應下，「好，我知道了。」

「夜紗，妳要不要乾脆換支新手機？媽媽買一支更漂亮的給妳。」母親柔聲說。

我停頓片刻，堅定地搖頭，「我想要用原來的手機，若確定找不回來，我再買新的。」

由於已經沒再發燒，體力也恢復不少，我要求母親不必在醫院陪我。

獨自安靜地思考了一夜，我下了某個決定。

這個決定，讓晦暗渾沌的前方，出現了一條道路。

「如果許耀哲對妳來說也已經是重要的家人，妳一定要將心意清楚傳達給他。妳還來得及這麼做。」

睡意悄悄襲來，闔上雙眼前，我的腦中浮現許耀哲的面孔。

這是第一次，我渴望著下次睜開眼睛，就能見到他。

（待續）

我想起以前將《兄妹》發表在「優秀文學網」（還有人記得這個文學網站嗎），受到不少讀者喜愛，想起作品被轉發到其他小說論壇上，還想到第一次投稿結果大失敗，後來遇上有人來信說想出版這本小說，就再無消息，甚至還有碰上自稱自己才是寫出《兄妹》的人……

一一細數，我才發現最有趣的回憶，都發生在寫出《兄妹》之後，至今都還印象深刻，那是非常美好的一段歲月。

轉眼間，《兄妹》眞的出版了。

在這麼多年以後，我圓了青春時期的第一個夢想，不可思議。

跟前兩部的改寫一樣，這次的內容跟舊版也有相當大的不同。

知道這部作品對一些小平凡來說別具意義，所以我不會說要讓新版取代舊版，比較建議讀過舊作的各位，將新版當作是平行時空的故事，應該會更有趣。

雖然有很多元老級讀者都已經知道舊版的結局，我仍期待新版結局會給你們煥然一新的感受。

更多的劇情說明與心路歷程，等到下冊的後記，再來跟大家深聊。

讀完上冊後，歡迎大家跟我分享你們對結局的猜測是什麼。

謝謝辛苦的韻璇，謝謝靜芬，謝謝POPO原創。

謝謝耐心等了我這麼久的讀者朋友，特別是從《兄妹》就關注我的小平凡，這個故事能再重新呈現給你們，我很滿足。

我們下冊再見。

晨羽